K.B044465

하루 그림 하나

오늘을 그리며 내일을 생각해

하루 그림 하나

529 쓰고 그리다

B 북폴리오

몇 년 전, 저녁 식사 자리에서 자연스레 지난 일들을 이야기하게 되었습니다. 한참 대화를 나누다 문득, 일을 시작하고 나서는 비슷한 하루하루를 보냈기 때문에 업무가 아닌 내 생활에 대한 건 전혀 기억으로 남은 게 없다는 걸 알게 됐습니다.

그날부터 반드시 하루를 기록하기로 했습니다. 단 한 줄이라도. 집으로 돌아오는 길에, 한참 작업 중인 늦은 새벽에, 혹은 잠이 오지 않는 밤에 뜬눈으로 누워 있다 일어나 일기를 쓰고 그림을 그렸습니다.

그러던 중 좋은 기회로 이렇게 일 년 동안의 그림 일기를 책으로 엮게 되었고, 기록들을 되짚어 정리하다 보니 서투름만 눈에 들어와 부끄럽기 짝이 없네요. 하지만 적어도, 몇 년전 그날처럼 아무것도 떠오르지 않는 일은 없었습니다.

앞으로도 이 기록이 스스로와 더 가까워지는 계기가 되길 바라며 오늘도 그림을 그리고 일기를 씁니다.

1월

밤을 새워 작업하다 해가 넘어갔다.
아, 이렇게나 감흥 없는 새해라니.
그래도 일단은 Happy New Year!

　한참을 매달렸던 동화의 원화 작업이 드디어 끝났다. 바쁜 일이 겹친 데다 호흡이 긴 작업이라 빨리 끝났으면 했었는데도, 막상 이렇게 마치고 나니 시원섭섭한 기분이 든다. 이젠 좀 홀가분한 마음으로 한 주를 보낼 수 있을 것 같다. 밀린 잠도 많이 자고, 많이 먹고, 좋아하는 사람들도 잔뜩 만나야지.

1. PRISMA COLOR   2. WISOR & NEWTON INK   3. AS CLIPBORD   4. BURUSH
5. SPONGE   6. PENCIL TRAY   7. ERASER   8. A PENCIL SHARPNER

"펜 한 뭉치와 풍부한 잉크, 질 좋은 종이를 테이블에 올려
놓았다. 문구류가 풍족하면 왠지 마음이 편했기 때문이다."
　　　　　　　　　　-찰스 디킨스의 소설 『위대한 유산』 중에서

　오랜 작업을 하다 보니 색연필을 다 써 버려서, 모처럼 화
방에 다녀왔다. 들어가기만 해도 기분 좋아지는 곳이 화방 아
닐까? 들뜬 마음에 이미 잔뜩 있는 것들도 사 와서는 뿌듯한
마음으로 한켠에 잘 놓아둔다. 새로 사 온 색연필들이 서로 부
딪혀 달각거리는 소리가 좋아 자꾸만 필통을 눌러 보고 있다.

만나는 사람들마다 새해의 목표가 뭐냐고 물어본다.
무덤덤하게 맞이한 새해라 생각해 둔 게 없어,
선뜻 답하지 못하다가 그냥 "행복하기." 라고 대답했다.

딸기를 사 왔다. 깨끗이 씻은 물기 어린 딸기를 보니 윤이
나는 빠알간 조약돌처럼 보인다. 어쩜 이렇게 사랑스럽게 생
겼을까?

　오늘 안으로 완성해야 할 그림이 잘 그려지지 않아 조마조
마한 마음으로 일하고 있다. 기한은 정해져 있는데, 떠오르는
것들은 성에 차지 않으니 속이 탄다. 잘하고 싶은 마음이 크면
그림은 오히려 딱딱하게 굳어 나온다. 마음에 안 들어!

"드로잉은 정직한 예술이다. 속임수란 게 있을 수 없다. 좋거나 나쁘거나 둘 중 하나다."

-화가 살바도르 달리

작년 11월부터 쓰던 드로잉북을 다 썼다. 서랍장에 쌓여 가는 드로잉북을 괜히 하나씩 꺼내 보다가 하루를 다 보냈다. 늘지 않는 것처럼 보였던 것도, 변하지 않을 것 같던 것들도 차차 능숙해졌고 달라지고 있었다. 꾸준함의 힘을 믿자. 내 안에도 분명히 쌓여 가는 것들이 있을 거다.

    보낸 작업에 대한 피드백이 도착하지 않아 하루 종일 게으
름 피운 날. 좋아하는 이불로 몸을 꽁꽁 둘러싼 채 넷플릭스를
보고 있다. 시간 감각이 없어질 만큼 하염없이 보다 보니 벌써
새벽 두 시 삼십이 분이다. 화들짝 놀라 침대 옆 스탠드의 불
을 끈다.

　종종 음악이 가진 힘에 대해 생각한다. 어떤 노래들은 강렬한 기억으로 남아 누군가를 떠올리게 하거나, 노래를 듣던 날의 날씨며 기분 등을 너무도 쉽게 다시 느끼게 하니까. 그리고 마치 노래 속 상황에 있는 것처럼 착각하게 만들기도 하고. 마치 지금처럼 말이다. 우연히 듣게 된 절절한 사랑 노래에 내가 그 가사 속 주인공이라도 된 듯, 가슴이 두근두근 뛰고 있다.

　추운 날엔 괜히 쓸쓸해지기 쉽다. 그럴 땐 좋아하는 사람들
과 별 의미 없는 시시껄렁한 이야기를 나누고, 속이 따뜻해지
는 음식도 먹으며 보내는 게 최고. 그래서 행복한 밤이다.

등 떠밀려 어른이 된 사람들.
글로 적어 내지 않은 일기의 마지막 문장.

"사진을 찍는다는 것은 세계의 구조를 발견하는 것, 형체의 순수한 기쁨을 탐닉하는 것, 이 혼돈에는 모두 질서가 있다는 것을 명백히 하는 것이다.

-사진작가 앙리 까르띠에 브레송

늦게까지 작업을 하고 나면 때를 놓쳐 잠이 오지 않을 때가 많다. 편안한 음악을 틀어 놓고 눈을 감고 있어도 잠들지 못해, 결국 핸드폰을 꺼내들어 사진첩을 들여다봤다. 지우지 않고 모아 온 사진들 속에 간간히 남아 있는 그때의 우리를 본다.

아빠의 오래된, 아주 큰 스웨터를 입었다. 밖을 돌아다니는 내내 시린 손을 호호 불다가 소매 끝에서 나는 섬유유연제 향에 섞여 희미하게 풍기는 아빠의 옷장 냄새가 반갑게 느껴져, 일부러 소매 끝을 끌어다가 냄새를 맡았다.

돌아오는 길에는 아빠한테 괜히 궁금하지도 않은 것들을 물어 가며 전화를 한 통 하고, 일기장 한 구석, 기분 좋아지는 것들 목록에 '커다란 스웨터'를 적었다.

　좋은 사람들이 곁에 있다는 게 정말 행복하고 감사해서 하루 종일 마음이 충만했던 오늘. "사랑받는 사람들은 오른쪽 어깨에 천사가 앉아 있는 것과 같다."는 문장을 읽은 적 있다. 우리 어깨 위에도 천사들이 살짝 나타나 웃음 짓고 가던 순간을 분명 느꼈던 것도 같은데.

회사 동료인 아름님이 예전에 알려 준 팥 주머니가 문득 떠올라, 집에 오는 길에 팥과 양말 한 켤레를 샀다. 그러곤 다른 일은 다 제쳐 둔 채 팥 주머니 만들기 시작! 팥을 깨끗하게 씻어 양말에 넣고, 입구를 꿰매어 전자레인지에 30초에서 40초가량 데운다. 그렇게 따끈해진 주머니를 눈 위에 올려두면 찜질도 되고, 잠이 오지 않을 때도 좋다고 한다.

일기를 다 쓰고 나면 만들어 둔 팥 주머니를 당장 써 볼 생각이다. 오늘은 왠지 편히 잠들 수 있을 것 같은 기분이 든다.

    어느 날 우연히 보게 된 스틸 컷에 빠져 오래된 영화를 찾아
보았다. 영상의 색감도, 여자 주인공도, 배경에 깔린 음악도
모두 사랑스럽고 좋아서 당분간 오래된 영화를 찾아보는 일
에 몰두할 것 같다.

　큰 맘 먹고 새로 산 스캐너와 대치 중. 살 때까진 좋았는데 이걸 언제 설치하고 어디에 둔담! 하나둘 사 모았던 작업 도구들이 이제는 제법 방 곳곳을 차지하고 있어 이게 방인지 작업실인지 알 수 없게 되었다.

　자고로 일과 생활은 분리해야 한다고 했는데…… 그게 점점 더 힘들어진다.

　오늘 아침 급하게 집을 나서다가, 매번 고지서 정도만 들어 있던 우편함에서 평소와 다른, 존재감이 엄청난 우편물을 발견했다. 여느 때와 마찬가지로 일을 하고, 그림을 그리고, 밥을 먹고, 모든 일을 마친 뒤에 무거운 발걸음을 옮기다가 문득 아침에 발견한 우편물이 떠올랐다. 길모퉁이에 선 채 바로 꺼내어 읽어 보니 아주 귀여운 내용에 웃음이 났다.

　그래, 올해도 열심히 그려야지.

　마감이 가까워져 정신없이 일을 하다 보니 어느 틈에 늦은 시간이 됐다. 그림이 빼곡한 종이 뭉치는 보기보다 가벼워서 괜히 한 장, 한 장 세어 보았다. 오늘은 아마 잠들 수 없을 것 같다.

　드디어 라섹 수술을 했다. 집으로 돌아왔지만 눈이 시려 뜨
질 못하니 할 수 있는 게 없어 노래만 들으며 누워 있다. 혼자
살고 나서 저절로 생겨나는 건 없다는 사실을 알게 됐다. 말끔
한 유리창, 보송한 수건, 그리고 물 한 잔까지도 누군가의 수
고가 만들어 낸 것이었다. 그래서 불편하다고 생각한 적은 없
었는데, 당장 밥은 어떻게 먹어야 할지 벌써부터 막막하다.

    하루 종일 불도 켜지 않고 컴컴한 곳에 누워 있다. 눈을 잘
뜰 수 없으니 할 수 있는 일도 없다. 오랜만에 핸드폰 메모장
에 일기를 쓴다. 오타가 엄청날 것 같지만.

눈 시림과 뿌연 시야가 조금 나아져, 선글라스를 끼고 생활하기로 했다. 집 안에서 선글라스라니. 잠옷에 선글라스를 낀 모습이 우스워 사진을 잔뜩 찍었다.

1
월

23
일

월
요
일

 더 이상 미룰 수 없는 일이 있어, 시린 눈으로 눈물을 줄줄 흘리며 스케치 작업을 하고 있다. 금방 괜찮아질 줄 알았는데 생각보다 회복이 더디다. 몸의 아픔은, 아무리 그러지 않으려 해도 온 신경을 거기에만 집중하게 만든다. 일상의 고마움과 함께, 그림을 그리는 나에게 눈의 존재가 얼마나 소중한지 되새기게 되는 월요일.

　　추운 날씨에 목까지 코트를 꽉 여며 입고 진영님과 함께 고양이 카페에 다녀왔다. 따끈따끈한 바닥에 늘어져 있는 고양이들이 너무 귀여워서 정작 주문한 음료엔 시선 한 번 안 주고 내내 고양이 옆에 있었다. 역시 귀여운 것은 정의!

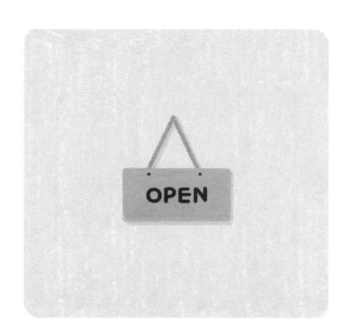

　일을 마치고 돌아오는 길에, 한창 마감 중인 카페에서 흘러나오는 노래에 발을 멈추고 곡이 끝날 때까지 노래를 들었다. 항상 지나던 길이었고 평소엔 눈여겨보지 않았던 곳이다. 한데 늦은 시간 어두운 거리에서 홀로 따뜻한 빛을 담고 있는 카페를 보니 꼭 그곳만 겨울이 빗겨간 느낌이다.

　오랜만에 만난 친구가 들려준 얘기가 있다. 직업과 직장을, 꿈과 욕심을 구분해야 한다는 말. 그림 그리는 일을 하면서 어떤 마음가짐으로 이 시기를 보내야 할지 고민하는 요즘, 가장 많이 생각하고 되새기는 말이다.

오늘은 두 가지 일로 간단하게 행복해졌다.
화방 구경하기, 색연필 사기.

　새해맞이 청소와 목욕으로 하루를 보냈다. 책상 위 여기저기 흩어져 있던 색연필 가루를 쓸어 내고, 종이뭉치를 한켠에 잘 쌓아 두고, 손이 덜 가는 책을 골라내고, 안 입는 옷을 정리하고, 도도 목욕도 시켰다. 청소와 정리 정돈을 마치고 난 뒤의 뭐든 시작할 수 있을 것 같은 느낌은 언제나 좋다.

　사소한 것들이 나를 지탱해 주고 있다. 무거운 몸을 이끌고서 간신히 씻고 누웠을 때 이불에서 풍기는 좋아하는 섬유 유연제 향이나, 언젠가 마음에 와닿아 책갈피로 표시해 둔 책 속의 구절이라든가, 별 내용도 없이 시시콜콜한 친구와의 전화 한 통 같은 것들. 정말 아주 사소한 것들이 계속해서 힘을 내어 날 나아가게 한다.

　탄천에서 한참을 걷다 오니 눈이 절로 감긴다. 오늘은 꼭 읽고 싶은 책이 있었는데. 그냥 못 이기는 척 끌려들어가 볼까? 내 옷자락을 잡아당기는 잠 속으로.

　작은 카페에 내놓을 메뉴 그림 작업 중. 늦은 밤에 색색의 예쁜 케이크와 음료를 그리려니 고행이 따로 없다. 내일은 돌아오는 길에 꼭 카페에 들러 타르트를 사 와야겠다고 다짐한다.

2월

"쉽지 않을 것 같았던 날, 친구를 얻고
잘 수 없을 것 같았던 밤, 좋은 꿈을 꾸고
어린아이 숙제 같은 너의 많은 착한 고민
이 노래가 도움이 된다면 또 불러 줄게."
－줄리아 하트의 노래 <Singalong> 중에서

　흘러가는 시간들을 알차게 보내려고 노력했다고, 서로에게
정말 애썼다고 말해 주는 밤.

급하게 보내야 할 그림이 있어 찾다가, 몇 년 전 빵집에서 주문을 하고 기다리는 동안 그렸던 작은 그림을 발견했다. 정말 아무 생각 없이 그렸는데 왠지 모르게 그냥 좋은 그림이다. 편한 마음으로 손을 움직여서일까, 그런 그림이 필요한 날들을 보내고 있기 때문일까.

그래, 비우면 또 다른 게 채워지고 그러더라.

너는 자꾸만 마음 한구석이 무너진다고 했다. 너무 무섭고
아파서 아무것도 할 수가 없다고 했다. 지금의 너에게는 어떤
말도, 응원도 닿지 않는 것 같았다. 그저 무의미한 날들, 그곳
에서 중심을 잡기 위해 계속 흔들리는 나날들의 연속이다.

　책 구절 속 장면을 그리는 이벤트를 진행하며 그렸었던 그
림. 노랗게 비치는 햇볕이나, 별 아래 생기는 그림자를 좋아하
는 나에게는 하는 내내 너무 즐거웠던 일이라 종종 꺼내어 본
다. 겨울에 그린 그림이라 그런 걸까? 평소에 그리던 것보다
유독 노란 빛이 도드라진다. 내가 이때 정말 추웠었나 보다 싶
어 피식 웃음이 났다. 이렇게 그림들을 들여다보고 있으면 정
말 신기하게도 한 장, 한 장마다 일기처럼 그날의 기분이나 감
정이 되살아난다.

　계속해서 손을 주무르고 있다. 간밤에 늦게까지 그림을 그리다 잔 탓인지 하루 종일 손끝이 저려 혼났다. 특히 머리를 묶을 때는 손끝에 닿는 머리카락이 아프게 느껴져 깜짝 놀랄 정도였다.

　이렇게 열심히 그린 내 그림. 아마 누군가는 가볍게 보고 지나갈 그림일 테고, 누군가에겐 일의 과정 중 만나는 그림의 하나일 거고, 또 누군가에게는 꽤 관심이 가는 그림이 될지도 모른다. 그런 생각을 하면 내 두 손을 꽉 잡게 된다. 적어도 스스로 부끄러운 그림은 그리지 말자고.

차가운 겨울 공기가 좋아서 아주 멀리까지 걷다 돌아왔다. 내내 코를 훌쩍이며 왔지만, 해결되지 않은 문제들도 아주 많지만, 그냥 걷고 나니 기분이 한결 나아졌다.

매번 다른 길로 가도 결국 돌아오는 길은 같았지만 그래도 요즘은 부러 먼 길을 돌아간다. 서늘한 공기가 좋은 밤이다.

문득 그런 생각을 했다.
'나는 항상 너의 생각을 다른 사람에게 물었구나.' 하는.
늘 남에게 구한 답을 가지고 널 대해서 미안했다고,
이제야 깨달아서 미안하다고 말해 주고 싶다.

무엇이 나를 행복하게 만드는지 끊임없이 찾기, 올해는 그 것만 생각하자. 도망칠 수 있다면 도망쳐도 괜찮다. 나 스스로 를 최우선으로 두는 걸 자꾸만 연습해야 한다.

　그림이 잘 풀리지 않을 때면 때때로 내가 좋아하는 것과 잘하는 것을 헷갈린 게 아닐까 생각한다. 이런 생각이 문제 해결에 전혀 도움이 되지 않는다는 건 알고 있지만, 어쩔 수 없이 고민하는 날들이 있다.

　그럴 때 할 수 있는 일은 달리 없다. 좋아하는 걸 재능이라고 착각해도 어쩔 수 없다고, 그럼 좋아하는 것을 '잘'하기 위해 열심히 살면 된다고 나는 그렇게 나를 달랜다.

행복은 따뜻한 강아지야!

－영화 <스누피: 더 피너츠 무비> 중에서

오랜만에 본가에 내려와 도도와 뛰어다니며 산책했다. 지쳤는지 내게 몸을 한껏 붙이고 웅크려 잠든 도도 덕에, 오늘은 나도 일찍 누워 일기를 쓴다. 우리 오래도록 함께 행복하자. 잘 자.

　우연히 본 꽃집에서 튤립 세 송이를 사서 집에 들어오자마
자 외투도 벗지 않고 화병에 꽂아 뒀다. 이렇게 본가에 다녀온
날은 괜히 적적해, 나도 모르게 무언가를 손에 쥐고 돌아오게
된다. 어떤 날은 혼자 다 먹지 못할 만큼 많은 양의 분식이었다
가, 책 몇 권이었다가, 또 어떤 날은 이렇게 식물을 들여온다.
　물기 가득한 화병의 겉을 닦아 내며 생각한다. 부디 오랫동
안 피어 있기를.

　내 행복을 위해 시작한 일이 언제부터 이렇게 무거운 책임
이 되었을까. 오늘은 조금 눈물이 났고, 이제는 쉬어야겠다는
생각을 했다.

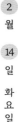

"달력을 넘기다 손이 찢어졌어요
어머니가 웃으시면서 손을 붕대로 감싸 주었어요
애야, 시간은 날카롭단다"

　　　　　　　　　-조인선의 시 「인터넷 정육점」 중에서

　이제는 이 모든 게 일상의 당연한 한 부분이 되어 주진 않을
거다. 일부러 시간을 내고, 수고로움도 감수해야만 한다. 떠
날 날을 앞두고 평소와 같은 하루를 보내면서도 아쉬운 마음
에 오늘을 곱씹고 또 곱씹고 있다.

집으로 돌아와 열어 본 작은 선물 상자 안에는 USB 메모리가 들어 있었다. 그리고 뒷면 라벨지에 적혀 있던 글귀,《행복해지는 음악》. 듣지 않아도 이미 행복해졌으니 효과가 굉장한 선물임에 틀림없다.

　퇴사를 했다. 긴 시간 고민한 결과다.

　하루 종일 멋쩍은 웃음을 지으며 다녔고, 익숙한 공간에서 나와 집으로 돌아가는 길엔 부러 아주 아주 느리게 걸었다. 아직 환한 하늘을 올려다보며 괜찮기도, 괜찮지 않은 것 같기도 한 기분이 들었다. 이런 복잡한 마음도 지나고 나면 덤덤해지겠지. 폭풍의 날에도 시간은 간다.

　내 것을 살 땐 그렇게 몇 번이나 고민하면서, 오늘도 아무
고민 없이 잔뜩 사 버린 도도의 장난감과 간식. 본가에 내려
가 선물해 줄 생각을 하니 신난 모습이 벌써부터 눈에 선하
다. 이런 게 엄마의 마음인 걸까?

　만나서 아무 대화도 나누지 않았는데도 같이 걸을 때 손에
든 짐을 나와 반대편으로 옮겨 드는 모습에 좋은 사람이구나,
확신한 적이 있다. 훗날 이 이야기를 했을 때 그런 사소한 걸
로 믿은 거냐며 넌 웃었지만, '그 사소한 것'을 배려하는 모습
에 나는 어떤 것보다 큰 확신을 했었다.

　더 이상 책을 들여놓을 공간이 없어 처음으로 e-book 몇 권을 구입해 봤다. 글자가 눈에 들어오지 않아 같은 문장을 몇 번이고 다시 읽는 게 반복되었다. 음, 역시 나는 종이책이 좋다. 미니멀리즘과 거리가 먼 사람이기도 하고.

　침대 옆엔 항상 대여섯 권의 책들이 쌓여 있다. 잠들기 전 가볍게 보기 좋은 책. 좋아해서 자주 펼쳐 보는 책과 새로 구입한 읽어야 할 책들. 근래엔 빌려준 책들이 돌아오지 않아 휑해진 협탁을 보며 연락을 해볼까도 잠시 생각했었다. 하지만 미련 같은 건 버리고 선물했다 생각하는 게 좋을 듯하여, 같은 책을 다시 주문한다.

작업했던 동화책이 나왔다. 제일 정신없을 시기에 했던 일이라 아쉬운 부분이 많지만, 그래도 바쁜 시기는 지나갔고 책도 무사히 나왔으니 홀가분한 마음으로 펼쳐볼 수 있겠지. 자, 다음 작업도 힘내서 해야 한다. 처질 틈이 없다.

"태양에서 5시가 굴러 내려와 조용히 바다로 빠졌다."
    -스콧 피츠제럴드의 소설 『해변의 해적』 중에서

일을 모두 마치고 난 뒤, 늦은 저녁의 탄천을 좋아한다. 낮에 본 거리의 요란한 색과 간판은 어둠에 휩싸여 보이지 않고, 나도 방금 전까지 그중 하나였을 작은 불빛들만 가득한 풍경.

　손에 쥐고 있는 것을 놓아야 갖고 싶은 것을 얻을 수 있다는
걸 알면서도 가끔은 욕심인지, 쥐고 있는 것에 대한 미련인지
모를 마음에 주춤댄다. 잡다한 생각만 많아 오히려 말로 풀어
내 적을 것이 없다. 머릿속에 쓰레기통을 가져다 두고 싶다.

가장 단순해질 때 행복해지기 쉽다는 걸 알아. 배가 고프면
밥을 먹고, 졸리면 잠을 자고, 웃기면 웃고, 슬프면 슬퍼하고,
화가 나면 화를 내면 되잖아. 그렇게 간단한 것들이 우리는 왜
이렇게 어렵기만 할까.

나를 돌보지 못하면서 다른 사람을 좋아하려고 노력하는
것만큼 비참한 기분이 드는 일도 없는 것 같다.

　해외 사이트의 인터뷰 요청을 받아 끙끙 앓으며 답을 쓰고 있다. 급한 마음에 엉터리로 적은 문장들을 보면서, 이렇게 순간을 모면하기 위해 얼마나 많은 것들을 엉성하게 흘려버렸을까 생각하게 된다.

서현동에서 집을 뺐다. 혼자 살던 집이라도 꽤 오랜 시간을 지낸 곳이라 살림살이가 많아, 꼬박 하루 반나절이 소요됐다. 집을 모두 밖으로 빼내고 텅 빈 공간을 보니 기분이 조금 이상해서 괜히 거실 한켠에 벌렁 누워 본다. 앞으로 이곳에 살게 될 분에게 부디 우는 날보다 웃는 날이 더 많기를 바라며.

　이삿짐을 정리하다가 어릴 때 처음 브로콜리를 먹고 쓴 일기를 발견했다.

　《오늘은 아기나무를 먹었다. 나는 먹기 싫었는데 선생님이 이걸 먹어야 키가 쑥쑥 큰다고 했다. 그런데 내 뱃속에서 아기나무가 커지면 어쩌지? 너무 무서워서 눈물이 났다.》

3월

　향초를 켜거나 좋은 향기의 바디로션을 바르면 확실히 쉽
게 기분이 나아진다. 오늘은 새로 산 섬유 유연제의 향이 좋
아, 집에 가서 써 볼 생각에 내내 들떠 있었다. 요즘은 이렇게
나를 기분 좋게 만들어 주는 것들이 점점 많아진다.

　다른 사람 험담하길 좋아하는 사람과 하루 종일 함께했더
니 기분이 좋지 않다. 괜히 그림도 안 그려져 드로잉북도, 노
트도 모두 접고 누웠다. 아, 부디 이 불쾌함이 어서 사라지기
를 바랄 뿐이다.

작업을 끝내고 따끈한 수프를 끓였다. 늦은 밤, 보글보글
끓는 소리가 듣기 좋아, 한참을 불 앞에 앉아 조용히 그 소리
를 들었다.

봄에 관한 그림을 그리고 있다. 이번 겨울은 너무 추워서 언제까지고 봄이 오지 않을 것 같았는데, 늘 그랬듯 계절은 바뀌고 조금씩 기온이 오른다. 멀리서 느릿하게 봄이 걸어온다.

아무것도 그리지 못한 날은 잠이 잘 오지 않는다. 괜한 죄
책감에 애꿎은 색연필만 잔뜩 깎으며 하릴없이 앉아 있다가
동이 틀 때쯤 되고서야 슬금슬금 자리에 눕는다. 책상 위에 그
대로 놓인 하얀 종이 몇 장과, 한 개도 빠짐없이 뾰족하게 깎
인 색연필이 머릿속을 어지럽히고 나는 눈을 더 꽉 감는다. 조
금 더 마음의 여유가 생겼으면 좋겠다.

급할 때의 내 습관에 관한 이야기. 모니터 아래 촘촘히 붙여 둔 스케줄 메모 속 밀린 일들을 보고 허둥지둥 빠르게 움직여 보다가, 괜히 마음에 안 드는 그림만 그려져 다 지우고 다시 그린다. 급해도 다른 방법이 없다. 차근차근 하나씩 해내야지, 뭐. 알면서도 매번 이걸 반복한다니까.

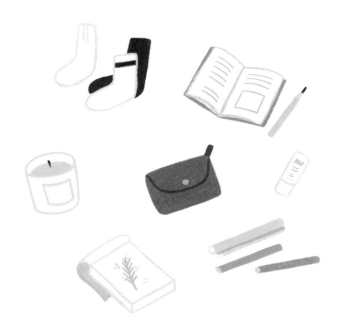

가방 안엔 새 양말 세 켤레와 종이 묶음, 낡은 가죽 지갑, 드
로잉북과 립밤, 새로 산 양초 하나와 색연필 스물세 자루.

내가 좋아하는 것들을 가득 담아 집으로 돌아왔다.

　오랜만에 만난 친구는 내게 언제 쉬냐며 걱정을 하다가도, 이렇게 너를 찾아 주는 사람들이 많으니 참 감사한 일이라고 했다. 그 순간 '나를 필요로 하는 곳이 세상에 있기는 할까?' 이 한 가지 질문에만 사로잡혀 도망치듯 보낸 날들이 먼 이야기처럼 느껴졌다. 그래, 정말 감사하고 또 감사한 일이다.

볕이 들어오는 지점에는 언제나 도도가 먼저 자리를 차지하고 앉아 있다. 그럴 땐 도도가 좋아하는 간식 봉지를 들어보여도 멀뚱히 바라볼 뿐이다.

너도 봄을 기다리고 있어?

언제나 유쾌한 아름님과 진영님.
우리는 특히 음식 기분이 잘 맞지!

오늘 몫의 그림을 다 그리고 누워, 워터글로브 안에서 떨어지는 반짝이들을 보고 있다. 한참 들여다보고 있으니 꼭 시간이 멈춘 것만 같다. 저 투명한 구 속에서 나도 함께 떠다니는 기분.

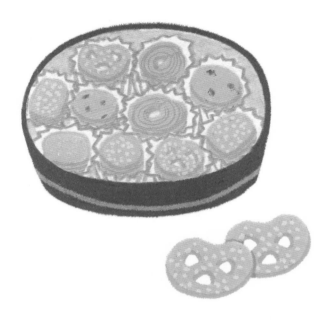

　문득 버터 쿠키가 생각나 덜컥 주문해 버렸다. 막상 사면 잘 먹지도 않으면서 괜히. 나는 다시 자리에 누워 할머니 댁에 있던 버터 쿠키를 떠올린다. 어릴 땐 이게 왜 그렇게 좋았을까, 할머니는 잘 드시지 않는 버터 쿠키를 왜 항상 가지고 계셨을까, 할머니가 몇 개씩 꺼내주시던 쿠키는 정말 맛있었는데 하고.

　할 일을 끝내려 평소보다 일찍 카페에 가서 작업을 하고, 좋아하는 식당에서 카레를 먹고, 남은 작업을 마무리한 뒤 서점에 들러 사고 싶었던 책을 몇 권 들고 돌아왔다. 새삼 참 행복해서 웃음이 난다.

샐러드를 그리고 있다. 잎사귀를 한 장씩 한 장씩 자세히
들여다보고 있으면 이만큼 다양하고 예쁜 색도, 모양도 없겠
다 싶어 그림이 다 무슨 소용인가 싶다.

　본가에서 가족끼리 식사를 하고 집으로 돌아오는 길에 도
시락집을 발견했다. 맑은 날 궂은 날을 가리지 않고, 자전거
뒤에 어린 나를 태워 가서는 도시락을 사 주시던 아빠. 도시락
이 다른 어떤 음식보다 사랑스러운 건 뚜껑을 열 때의 설렘 때
문이다. 그 설렘을 아빠는 몇 번이고 내게 선물해 주었다.

　괜히 반가운 기분이 들어 몇 번이고 돌아본다. 여전히 맛있
을까, 그 도시락은.

괜찮아요. 잘하고 있어요.

요즘은 집에서 작업을 해도 깨끗한 외출복을 꺼내어 입고,
좋은 향이 나는 섬유 향수를 뿌린다.

몸가짐이 달라지면 마음가짐도 달라진다. 정말 그렇다.

　무심코 냉장고에 있던 맥주를 꺼내 마셨는데 이렇게 맛있을 줄이야. 술을 잘 못하기도 해서 한 번도 맛있다고 느껴 본 적 없었는데, 처음으로 맥주를 마시고 저절로 "맛있다!"라는 말이 나왔다. 세상에, 조금 어른이 된 기분.

며칠 전 그림을 부탁했던 언니가 예쁜 초를 선물해 주었다. 돌아오는 내내 너무 예쁘다, 좋다를 연발하며 몇 번이고 가방 안을 들여다보니 그런 내가 유난이라며 웃는다. 민망한 듯 웃는 언니의 얼굴이 좋아서 나도 자꾸 웃었다. 요즘은 자주 예쁜 마음을 받는다.

동시를 읽다가 '데굴데굴' 이라는 글자 모양이 귀여워서 소리 내어 말해 본다. 데-굴-데-굴. 예쁜 말과 글에는 언제나 좋은 리듬이 있다.

부탁받은 엽서를 만들다가, 내 것도 만들 겸 그림을 새로 그린다. 같은 그림도 일이 아니면 이렇게 즐거운데! 한쪽에 미뤄 둔 일이 신경 쓰여 결눈질로 쳐다본다. 딴짓은 그만하고 일하자, 일.

시간 분배를 잘못해서 아슬아슬하게 작업하고 있다. 꼭 이런 날은 몸 상태까지 좋지 않아 두 배로 괴롭다. 어서 끝내고 쉬고 싶건만 머리가 멍해서 좀처럼 집중이 되질 않고……. 네, 오늘의 저는 고난도의 곡예 중입니다.

　여권을 만들려고 사진을 찍었다. 여전히 어색한 얼굴을 하고 있네. 나를 '증명'하는 증명사진이 가장 나 같지 않아 보이는 건 왜일까?

　하루 종일 아이유의 <밤편지>를 듣다가 종이를 끌어와 그
림을 그렸다. 노래 참 좋다……, 그렇게 중얼거리다 같은 가수
의 다른 노래 가사를 떠올렸다. "눈을 감고 걸어도 맞는 길을
고르지." 그런 능력이 있다면 그 어떤 초능력보다 대단한 축
복 아닐까?

하던 일을 마무리하기 전에 또 한 장.

좋은 창작물을 보고 나면 나도 무언가 만들어 내고 싶어진
다. 즐거운 딴짓을 했으니 다시 집중해서 일해야지.

  불을 끄려고 돌아보니 꺼내어 둔 파자마 위에 앉아 물끄러미 바라보고 있는 도도. 왜 그러고 있어? 이럴 땐 모든 동물의 말을 이해할 수 있게 해 준다는 솔로몬의 반지가 간절하다. 세상의 왕이 되기 위해서가 아니라 도도의 아픔과 즐거움을 이해하기 위해서.

"먼 곳에서 온 엽서에는 늘 얼룩진 몇 줄이 있다
그 보이지 않는 말들이
내가 아는 가장 아름다운 비밀"

　　　　　　　　　　　-강성은의 시 「부끄러움」 중에서

　직접 만든 엽서에 편지를 쓴다. 한 명, 한 명 그동안 함께 지
낸 사람들에게 닿을 말이 빼곡히 적힌다. 모두 고마웠어요. 잘
지내요.

94

　동생이 사 온 사탕을 먹으며 그림을 그리고 있다. 가루에 찍어 먹는 사탕인데, 입에 넣으면 가루들이 '팟!' 하고 터진다. 입을 벌리고 있으니 '톡 톡 톡 톡' 소리가 난다. 입 안에서 나는 소리가 재밌어 웃으며 그림을 그리고 있으니 지나가던 동생이 그렇게 맛있냐며 물어본다.

산책을 하고 돌아오는 길에 눈에 언뜻 스친 보랏빛. 가까이 가서 들여다보니 제비꽃이 피어 있었다. 아직은 좀 추운데 참 도 부지런한 아이였던 모양이다. 혹시 주변에 더 있을까 싶어 그 앞에 앉아 사방을 둘러보았다. 쪼그려 앉은 다리가 아파올 때까지. 정말 봄이 오고 있다.

　오랜만에 만난 친구는 내게 멋쩍게 웃으며 결국 일을 그만
뒀다고 했다. 그런 말을 하기까지 얼마나 많은 고민을 하고,
얼마나 힘든 시간을 보냈을까. 고생했다고 말을 건네다 눈물
이 찔끔 났다. 검푸른 하늘을 먹먹히 바라보며 친구의 밤도 하
루 빨리 평온해지기를 바라는 밤.

　명함을 다시 주문했다. 통 안의 명함이 줄어들 때마다 열심히 살고, 또 열심히 일한 것 같은 기분이 들어 조금 기쁘다. 물론 뒷면이 비어 있어 메모지로도 썼던 탓에 더 빨리 쓴 것 같지만.

4월

아, 길을 잃었다

　나는 다시 안 올 순간을, 기회를 그저 흘려보내고 있는 건
아닐까? 이래도 되는 걸까? 잘하고 있는 건가? 불안 섞인 의
문은 빠르게도 꼬리에 꼬리를 문다. 그럴 땐 머리를 흔들어 잡
념을 털어내며 이 질문 하나로 마침표를 찍는다. "꼭 잘할 필
요가 있나?"

 중고 서점에 팔 책들을 골라내고 있다. 여러 번 읽어 손때
가 탄 책, 딱 한 번 읽고 펼쳐 보지 않았던 책 등을 꺼내 쌓아
두고 보니 양이 꽤 된다. 그렇게 추려낸 만큼 책장엔 빈 공간
이 커져서 또 무엇으로 채워야 하나 고민하게 된다. 그런데 내
얼굴, 웃고 있는 것 같네.

　반복되는 하루에 사소한 기다림의 즐거움을 심어 두고 있
다. 날이 추워지면 따끈한 어묵이 길거리에 등장하길 기다리
고, 또 조금 지나선 빨갛게 익은 딸기가 나오길 고대하며 새
계절을 맞이한다.

　날이 더 따뜻해지면 보기만 해도 기분 좋아지는 벚꽃이 필
테고, 볕이 점점 더 강해지면 달콤한 복숭아가 나오겠지. 어쩌
면 그때쯤엔 내게도 잘 익은 복숭아 같은 나날들이 기다리고
있을지도 모른다.

　늦은 저녁 돌아오는 길에 아껴 읽던 책을 꺼냈다. 한 장 한
장 넘길 때마다 나는 종이 냄새와 팔랑이는 소리가 듣기 좋아,
듣던 노래를 멈추고 종이 넘기는 소리에 귀를 기울였다. 어두
워진 길을 달리는 버스의 살짝 열린 창틈으로 비 냄새가 났고,
책 속 구절처럼 완연한 봄이었다.

　머리를 말리며 거울을 보다가 어느새 허리까지 내려오는 걸 깨닫고 놀랐다. 예전엔 며칠을 고민한 후에야 머리를 자르고, 자르고 난 뒤에도 후회로 끙끙 앓는 일이 흔했다. 빨리 자라길 바랐을 땐 너무도 더디게 느껴졌는데, 무신경하게 지내니 이렇게나 길게 자라 있다.

　이번 달은 유난히 일이 한꺼번에 몰려 들어온다. 일이 밀다
기보다 내 그림을 잃은 것 같아서, 그게 조금 힘들었다. 결국
다 내 그림인걸 아는데, 그래도 맘이 말처럼 쉽지가 않다.

　오늘의 미션은 선물할 책을 고르는 것. 인터넷 서점 사이트를 한참이나 보고 있으니, 어느새 장바구니에는 내가 읽고 싶은 책만 한가득이다. 내 이럴 줄 알았지!

어떤 날은 정말 간단한 한마디조차 어렵게 느껴질 때가 있다. 목 바로 아래까지 그 말이 올라와 있어도, 누가 입이라도 막은 양 단 한마디도 뱉을 수 없는 그런 날. 그래서 나는 아직까지도 그날을 후회한다. 고맙다는 말을 할 걸 그랬다고. 고맙다는 말 그 하나면 됐는데.

　날이 따뜻해지니 괜히 기분도 내고 싶고 해서 충동적으로 머리를 했다. 좀 더 가벼워지고 정리된 머리에 기분이 좋아 자꾸만 쓸어 보고 있다. 내일은 일거리를 가지고 밖으로 나가야지. 머리카락을 넘길 때마다 솔솔 풍기는 미용실의 약 냄새가 낯설다.

　화방에 들렀다 오는 길에 작은 몬스테라 잎을 가져왔다. 깃
처럼 갈라지고 군데군데 구멍이 있는 이유는 폭우와 비바람
을 견디기 위해서란다. 침대 머리맡에 둔 몬스테라의 그림자
가 내 얼굴 위로 떨어진다.

　J와 함께한 조금 이른 봄 소풍. 각자 좋아하는 음식을 사와
잔디밭에 깐 매트 위에 펼쳐 놓곤 시답잖은 이야기들을 맘껏
나눴다. 아직은 싸늘한 바람에 춥다고 우는 소리를 하다가도
볕이 나면 또 좋다고 웃는다.

　J, 덕분에 힘이 났어.

　동생과 불꽃놀이를 했다. 작은 불꽃을 보고 있으니 왠지 기
합이 들어가서 그림을 그리고 싶어졌다. 힘들었던 작업 이후
좀 질려 버린 건지 한동안 그냥 쉬고 싶었는데. 그 작은 불빛
이 예뻐서, 그냥 정말 예뻐서.

　고시원에 사는 소설 속 주인공이 '나는 여기를 떠나기 위해
여기 있는 것'이라고 읊조리는 구절을 읽은 적 있다. 김애란
작가의 단편이었던가.

　가끔 귀가 예민해져 잠이 안 올 때면 고시원에서 지낼 때의
일이 떠오른다. 깊은 잠에 빠지기 전, 고시원에서 관리를 맡
고 있던 남자가 내 방문을 열고 들어왔다. 며칠 뒤 방을 빼면
새로 들어올 사람에게 보여 주기 위해서였다고 했다. 나는 그
이후로 자꾸만 작은 소리에도 잠을 깬다. 잠에 들 수가 없다.

눈이 자꾸만 불편하다 했더니 앞머리가 꽤 자라 있었다. 자신만만하게 가위를 들었는데 '머리 같은 건 금방 자란다'는 둥, '어릴 때나 신경 썼다'는 둥 대범한 척 했던 게 무색해진다. 댕강 눈썹 위로 올라간 삐죽삐죽한 앞머리를 자꾸만 손으로 끌어내려 봐도 소용없다. 아, 어쩌지 내 앞머리……

　　새로 바꾼 이불이 피부에 닿는 느낌이 좋아서 누워 있는 중.
평소보다 일찍 일기를 쓴다. 좋아하는 파자마, 잘 말라 햇볕
냄새가 나는 침구. 더 더 많이 좋아하는 것들을 만들고 싶다.
더 많이 좋아하며 살고 싶다.

부러 걸음을 느리게 하는 날들. 짧은 봄을 눈에 담고 있다.

계절의 변화를 느끼려 가 본 적 없는 곳들을 일부러 찾아가는 것, 가장 바쁜 와중에도 짬을 내어 좋아하는 사람과 티타임을 갖는 것, 작은 선물을 서로 주고받는 것……. 이런 일들을 잊지 않으려 하는 건 시간을 거꾸로 여행할 때 기억 속에서 이정표가 돼 주기 때문이다. 작은 기쁨이 없는 기억은 어딜 봐도 똑같은 사막 같다.

　마실 물을 따라서 작업대로 걸어가는데 문득 창밖을 봤거든. 근데 해가 딱 정면에서 보이는 거야, 그 시간에. 해가 길어진 거지. 그걸 알자마자 기분이 좋아지더라구.

　나는 오늘 내가 좋아하는 걸 하나 더 알게 돼서 기뻤어. 이렇게 좋아하는 걸 하나씩 찾다보면 미워하고 싫어하는 것보다 좋아하는 것들이 더 많아지는 순간이 오지 않을까. 네가 행복했으면 좋겠어.

 귀여운 밤하늘 무드등을 선물 받았다. 시간 가는 줄 모르고 이리저리 움직여 가며 구경하다 보니 꽤 늦은 시각이다. 이제는 정말 자야 하는데. 장난스레 툭 던졌던 말을 기억하곤 선물해 주신 아빠의 마음이 고마워서 자꾸만 보고 또 보게 된다.

　딱 한 구절 때문에 좋아하는 책, 단 한 번의 대화로 좋아진
사람. 왠지 모르게 더 오래 남는 것들이 있다.

　고마웠던 테이블 위의 차 한 잔. 내가 커피를 마시지 않는
다는 걸 기억해 줬던 친구의 세심함이다.

　문득 이렇게 좋은 사람들이 곁에 있다는 것이 참 감사하고,
또 내가 아닌 타인이 진심으로 행복하기를 바라는 마음을 갖
는다는 게 얼마나 스스로를 사랑할 수 있는 힘을 주는지 알게
해 줘서 고마웠다. 다정한 마음을 가진 사람들을 있는 힘껏 사
랑하면서 살고 싶다.

얼마 전에도 그렸던 것 같은데 또 그리게 됐네. 아이유의 노래 <팔레트>를 듣고 그려 봤다. 내 그림체로 담으려니 조금 웃겨 보이기도 하지만 그리는 동안 재미있었다.

자신의 이야기를 잘하는 사람은 멋지구나……, 싶어서 노래를 듣는 동안에도 즐거웠다. 나도 내 이야기를 잘하고 있는지, 좀 더 먼 훗날 돌이켜 볼만한 이야기를 만들어 나가고 있는지에 대해 생각하게 됐다.

　제법 따뜻한 바람이 부는 날, 오랜만에 할머니를 모시고 가
족들과 함께 꽃 축제를 다녀왔다. 엄마와 나란히 걸어가는 할
머니의 뒷모습을 카메라에 담다가 제일 늦게 꽃밭에 들어가
보니 순식간에 봄이다.

"원하는 일을 한다는 게 무척 부럽군요."
"그저 하기 싫은 일을 하지 않는 것뿐이죠."

-영화 <카모메 식당> 중에서

좋아하는 마음을 지키는 게 어렵게 느껴지는 요즘.

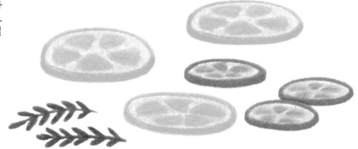

라임, 오렌지, 로즈마리를 긴 시간 동안 말렸다. 작은 비닐 팩에 모아 두고 잠이 잘 오지 않는 날 마실 생각으로.

'잠을 푹 자고 싶다.' 요즘 가장 많이 하는 생각인 것 같다.

"괜찮다."라는 말의 무게를 새삼 알았다.

말하는 순간부터는 정말 괜찮아야 하니까.

그렇게 보여야 하니까.

DON'T FORGET
WHO YOU ARE.

가장 먼저 기억할 것.

고장 난 핸드폰을 드디어 바꾸고 즐거운 마음으로 집으로
돌아왔다가, 그간 메모장에 써 온 일기들이 모두 사라진 걸 알
아챘다. 오직 나에게만 의미가 있어 아무리 검색을 해도 찾을
수 없고, 돈이 있어도 살 수 없는 것을 잃은 기분은 뭐라고 표
현해야 할까.

　어릴 때 엄마는 가끔 과일을 가져오곤 했다. 엄마가 다니던 회사 뒤쪽에서 딴 작고 못생긴 살구라든가 울퉁불퉁한 모과, 열매 속에 들어있는 호두, 아주 작은 앵두 같은 것들이 대부분이었다. 나는 그 과일들을 들여다보는 걸 좋아했고, 이제는 볼 수 없는 그 못난 모양의 과일들이 가끔 생각난다.

  흩어진 말들을 모아서 글로 써낼 때 생기는 힘이 있다고 생
각한다. 그리 슬프지 않았던 일을 새삼 되새기며 울컥해지기
도 하고, 전에 못 느낀 새로운 감정들도 생겨나는 걸 보면.

5월

　제일 좋아하는 5월이 왔다. 이맘때의 적당히 선선한 날씨를 참 좋아했는데, 요즘은 예전과 달리 선선함이라곤 찾아볼 수 없는 더운 날씨다.

　그럼에도 나는 변함없이 그림에 대해 고민하고, 별것 아닌 말들을 옮겨 일기를 쓰고, 밀크티가 맛있는 새 카페도 발견하며 달라진 5월을 사랑하고 있다.

　우울해졌을 때 억지로 기분을 띄우거나 해야 할 일로 시선을 돌려 모른 척하지 않기로 했다. 그럴 땐 그 기분을 그냥 인정하는 게 내게는 더 좋은 방법이라는 걸 최근에야 알게 되었기 때문에.

　내게 있어 '나'는 다른 누구보다 어렵고 너무도 먼 존재 같았다. 그런데 올해 들어 나에 대해 알아가는 게 참 많다.

　　길모퉁이엔 라일락이 잔뜩 피었고, 손끝에 닿는 연보라빛
꽃잎이 예뻐서 한참을 그 자리에 서 있었다. 매년 이맘때면 느
끼곤 한다. 라일락의 향은 호화롭고 육감적이다.

개는 우리의 삶 전체는 아니다.

그러나 그들은 우리의 삶을 완전하게 한다.

-사진작가 로저 A. 카라스

도도가 등 위에서 잠들었을 때 들리는 작은 고동 소리와 시
간이 지날수록 느껴지는 묵직한 무게가 좋다. 잘 자! 도도야!

굳은살이 박인 손가락을 꾹꾹 눌러 본다. 이 굳은살이 사라
지는 날이 올까? 그때 나는 기쁠까, 속상할까.

그림을 그리며 사는 날들이 즐겁지만 그만큼 빠르게 소모
되어 가는 내 손을 내려다보고 있으면 이상한 기분이 된다.

오랫동안 그림이 있는 생활을 하려면 건강해야겠지?

혼자 식사하는 시간이 많아지면서 내가 먹고 싶은 것에 대해 생각하거나 장을 보는 일, 만들고 차려 내는 일에 점점 더 즐거움을 느끼는 중이다.

마음의 여유가 없을 때는 한 끼 때우고 만다는 느낌으로 밥을 먹거나, 스트레스를 풀려고 밀어 넣기 바빴는데 지금은 온전히 식사의 모든 과정을 즐길 수 있게 되었다. 이렇게 즐거운 일일 줄 정말 몰랐는데. 나랑 더 친해지고 있다는 생각이 든다.

　오랜만에 보고 싶은 언니에게 전화를 했다. 바쁜 와중이었던 터라 짧은 통화였지만 우리는 그 사이에도 웃고, 따뜻한 안부의 말을 주고받았고, 그 대화를 마음에 담고 하루를 보냈다.

그림에 대한 애정이 가득한 피드백을 드물게나마 받게 되는데, 정말이지 말로 설명할 수 없는 기분이 든다. 나는 내 그림을 평생 다른 이의 시선으로 볼 수 없으니까 그런 피드백이 재미있고 신기하다. 게다가 거기에 애정이 담겨있다면 더 놀랍고…….

다시 한 번 다짐하는 밤. 건강한 그림을 그리자.

가끔 나는 그 다정함이 숨 막힌다고 생각했다.

나를 아껴 주는 마음을 힘들다고 느끼는 것이 나를 더 힘들
게 했고, 자꾸만 더 움츠러들게 만들었다. 이상하게 다정함을
나눠 줘도 어렵게만 느껴지는 사람들이 있다.

 카레를 오랫동안 푹 끓이는 시간을 좋아한다. 크림과 우유를 넣어 부드러워진 색의 카레.

 불 앞에 앉아 어둑해진 창을 바라보다가, 보글보글 거품이 이는 카레의 표면을 바라보다가, 비슷한 색의 털을 가진 도도가 생각나 조용히 웃는 그런 시간.

 내일은 긴 시간 끓여낸 카레를 소복이 담은 밥과 함께 먹어야지.

골라내고 덜어내는 날들.

단어를 고르고 문장을 다듬고, 요즘 나는 그렇게 산다.

　마음은 이미 이곳을 떠나 있다. 줄지어 늘어선 일들을 끝내자마자 비행기 표부터 사야겠다는 생각만 하며 주욱주욱 선을 긋는 중.

　모니터 위의 스케치들을 보면서 끝날 날을 계산하고 절망했다가, 떠나면 하고 싶은 일들을 떠올리며 다시 웃는 나. 정말이지 누가 보면 겁먹을지도 모를 표정 변화다.

"모든 상황이 좋아질 거라고 믿는 게 희망이 아니다. 결과의 성패를 떠나, 나 자신의 믿음이 정답이라고 확고하게 믿는 것이 바로 희망이다."

-정치인, 작가 바츨라프 하벨

바보 같은 질문인걸 알면서도 답답한 마음에
가끔 누구에게라도 물어보고 싶을 때가 있다.
"이대로 괜찮은 걸까요?"

　오랜만에 만나도 편한 사람들과 볕이 잘 드는 공간에서 시시콜콜한 안부를 나누고 각자, 또 따로 낙서를 하고. 한 것 없이 꽉 하루였다.

　좋은 기운을 많이 받고 왔으니 다시 힘내서 가야지. 이게 맞는지, 잘하고 있는 건지는 모르지만 계속 나아갈 수 있는 힘을 얻었으니까.

마지막 수정까지 모두 끝냈더니 마음이 한결 가벼워졌다. 무엇이든 '일'이 되고 나면 시간이 중요해진다. 내가 스스로 만족했든 아니든 기한은 어김없이 닥쳐온다. 그 가운데서 최적의 밸런스를 찾는 것, 아직은 어렵지만 계속 자신을 단련하는 중.

정신없이 일정에 맞춰 작업한 일이지만 누군가에겐 좋은 그림으로 남길.

　나를 위해 사는 케이크조차 아까워 초를 불지 못하는 날들이 많았다. 지금 돌이켜보면 정말 바보 같은 생각이라 자조적인 웃음이 났다. 그게 뭐가 그리 아깝다고.

　그래서 오늘은 아무 날도 아니지만 그냥 평소에 궁금했던 케이크를 한 조각 사 왔다. 앞으로는 축하할 일을 많이 만들어서 더 자주 살 수 있으면 좋겠네.

작가님들과 모여 그림을 그리고 나오는 길에 꽃집에서 작은 수국 화분을 샀다. 테이블 가장자리에 올려두고 작업을 하려니 자꾸 시선이 간다. 결국 작업하던 종이들을 밀어 두고 종이 귀퉁이에 수국을 그려 본다.

그럼에도 스스로를 좋아하는 일.

요즘 가장 많이 하는 다짐.

　잠을 못 자는 날이 늘어 가면서 다른 이의 밤을 생각하는 때
가 많아졌다. 멀리 떨어져 있는 우리 가족들은, 강아지는 잘
자고 있을까, 함께 일하던 동료들이 일에 쫓겨 뜬눈으로 보내
고 있진 않을까, 취업 걱정에 잠들지 못하던 친구는 괜찮을까.
　부디 짧더라도 좋은 밤이 되길 바라며 나도 잠을 청한다.

　그림을 그리다가 종이 위로 드리우는 그림자에 창밖을 내
다보니 나뭇잎도, 그 잎이 만든 그림자도 제법 진해져 있다.
　정말 여름이다.

하루 종일 소리 내어 웃고 떠들었다. 오랜만에 느끼는 기분 좋은 피로감이 반가워 침대에 누워서도 자꾸만 웃고 있다.

그림 그리는 게 일이 된 후로는 그림이 주제가 되는 이야기가 마냥 즐거울 수는 없었는데, 오늘은 정말 순수하게 그림의 즐거움을 이야기할 수 있어 신기하고 가슴이 벅찼다. 일과 그림을 분리해야 조금 더 건강한 그림 생활을 할 수 있다는 말이 지금의 내게 큰 도움이 될 것 같다. 앞으로는 다른 사람들이 좋아해 주는 그림 외에도, 내가 좋아하는 그림을 그리는 것을 주저하지 말아야겠다.

　할 일이 참 많고, 그려야 할 것들이 밀려 있어 초조해 하면서도 누워만 있다. 일을 하면 사라질 초조감이지만 그러지 못하는, 이를테면 시험 전날의 딜레마.

　"너무 더워 녹아 버렸다."고 선언하고서 아무것도 안하고 싶다.

　　J와 한강공원에 앉아 시시각각 변하는 하늘을 올려다보며 감탄하고, 빛이 강물에 부서지는 광경을 한참 동안 보고 왔다. 이 모습을 담으려 필름 카메라를 챙겨 갔지만 몇 장 찍지 않고 직접 눈에 담기 바빴다. 매일 마주하는 순간인데 어째서 볼 때마다 감탄하고 감동하게 되는 걸까.

얼음이 녹으며 나는 소리를 좋아해.

겨울에 듣는 피아노 소리처럼 청량하잖아.

작은 책장에 퍼즐 맞추듯 꾸역꾸역 넣은 책들을 보며 '당분
간 책은 더 사지 말자.'했는데 한 권만, 한 권만 하다가 벌써
새 책들이 잔뜩 쌓였다.

무거운 가방 속엔 필름 감기는 소리가 아주 큰 카메라와 고
장 난 휴대폰, 미지근한 생수병, 작은 노트와 잉크 펜이 있고
내 속엔 말하고 싶은 게 잔뜩 있지만, 그걸 말하고 싶은 사람
이 없어서 무거운 가방을 들고 한참을 걸었다.

　믿을 수 없을 정도로 더워졌다. 몸을 지치게 하는 날씨지
만, 하늘이 깨끗한 날이 많아서 자주 하늘을 올려다본다. 구름
한 점 없이 새파란 하늘에 달이 보일 때는 설레는 마음으로 사
진을 찍는다. 요즘은 휴대폰의 사진첩이 하늘 사진으로 가득
차 있다.

"나는 나 자신을 돌볼 거야. 고독할수록, 친구가 없을수록, 의지할 사람이 없을수록 날 더욱 존중할 거야."

-작가 샬럿 브론테

J와 함께 공원에 앉아 이런저런 이야기를 나눴다. 우리는 열심히 노력하면 그만큼 보상을 받는다는 말이 꼭 사실은 아니라는 걸 알 만큼 나이를 먹었지만, 그래도 스스로를 위해서 열심히 살자고 했다. 그러니까 J, 네가 행복하면 좋겠어. 나도 행복해질게. 너도 행복해져야 해.

　올곧은 사람, 다정한 사람, 거짓되지 않은 사람. '척'하지 않
는 사람이 되고 싶다. 그럴싸한 말들로 포장하지 않아도, 촌스
럽고 특별한 것이 없어도 제자리에서 모난 구석 없이 자기 몫
을 해내는 사람이고 싶다.

　스스로에게 주는 선물로 비싼 파자마를 샀다. 주로 집에서
작업하는 나에겐 하루 중 가장 오래 입고 있는 옷이나 마찬가
지니까, '그 정도의 소비는 괜찮았지, 암.'하면서 자꾸만 합리
화하고 있다.

　내가 제일 사랑하는 5월이 끝나 간다. 좋은 날씨 덕에 창밖을 보는 시간이 많아졌고, 그림자를 내려다보는 날도 많아졌다. 더 더워지기 전에 하고 싶은 일들을 마무리해야지.

6월

소란스러운 마음.

이 문장보다 더 나은 표현을 찾기 힘든 요즘.

　나는 아마 그 사람을 좋아한 게 아니라, 그 사람의 다정함을 좋아했던 것 같다고 생각했다. 늘 혼자 작업하다 보니 만나는 사람의 폭이 좁아지고, 그렇게 점점 더 사람을 대하는 게 서툴어지는 것을 느낀다. 어느 시점 이후로 인간관계를 맺는 부분이 성장하지 않는 듯한 기분이라 씁쓸했다.

하얀 여백이 무섭게 느껴질 때가 있다. 완성 기한은 정해져
있는데 전혀 그리질 못하는 상태이기 때문이다. 머리를 싸매
고 종이를 들여다보고 있어도 도통 떠오르는 게 없어 너른 종
이를 마주하는 게 고역이다. 실타래 풀 듯 술술 풀어낼 수 있
다면 얼마나 좋을까.

166

손 한 뼘보다 조금 더 큰 테이블 야자를 가져왔다. 흙을 털
어내고 화병에 물을 담아 작업 테이블에 올려 뒀다. 자꾸만 식
물 욕심이 늘어 간다.

마음에 꼭 드는 예쁜 스탠드를 발견했다. 하얀 주름이 곱게
잡힌 갓이 그야말로 취향 저격! 요즘은 책을 읽을 때마다 '그
게 있으면 참 좋을 텐데.' 생각한다. 어디에 두고, 이 전구를
쓰고……, 벌써 계획은 다 세워 뒀는데 진짜 필요한 건지 그저
갖고 싶은 건지 헷갈려 고민이 길어진다.

 하고 싶은 것도, 되고 싶은 것도 많았다. 이루고 싶은 게 많아 잠들지 못하는 수많은 날들이 있었다. 다짐처럼 써낸 글들이 빼곡했다. 괜찮다고, 혹은 좋은 사람이 되자고.
 잊고 지낸 것들이 너무 많았던 것 같다.

"개는 일상 속에서 우리의 온갖 변화와 변덕을 목격하고, 행동과 말을 남김없이 지켜보고, 실패와 좌절을 모조리 관찰하면서도 우리를 판단하는 일이 없다."
　-캐롤라인 냅의 에세이 『남자보다 개가 더 좋아』 중에서

　본가에 있는 털뭉치가 보고 싶은 밤이다. 그럴싸하게 자신을 치장하지 않고, 내키지 않을 땐 아무 말하지 않아도 나를 좋아해 주는 소중한 녀석. 사람보다 좀 더 높은 따뜻한 체온과 부드러운 털, 한껏 표현해 주는 깊은 애정이 그립다.

　잠들지 못하는 시간이 길어지면서 일하는 시간도 자연스레
밤으로 바뀌었다. 어쩐지 이 시간엔 색연필 깎는 소리가 크게
들려 기분이 이상하다. 마치 잠들어 있는 모든 것들을 깨울 것
만 같다. 「펜은 심장의 지진계」란 제목의 시가 있었다. 내 심
장의 지진계는 색연필일까?

171

익숙하고 편한 의자가 있었다. 오랫동안 앉아 있어도 어깨
가 아프지 않아 제일 좋아했던 의자. 이사를 여러 번 거치며
다리에 문제가 생겼는지 나무가 틀어져 기우뚱해지고 난 뒤
로, 그 의자는 내가 아끼는 편안한 물건이 아니라 버릴 수도
쓸 수도 없는 것이 되어 찜찜하게 방 한켠을 차지하고 있다.

"내가 책을 좋아한다는 것을 알고 그는 내가 공작의 작위보다 더 소중히 여길 책들로 서재를 채워 주었다."

-윌리엄 셰익스피어

함께 일했던 작가님이 삽화를 그린 책을 선물 받아 읽고 있다. 처음 한 번은 그림 위주로 휘리릭 넘겨보고, 두 번째는 천천히 머릿속으로 내용을 그리며 읽고. 이렇게나 즐거운 책 읽기가 또 있을까!

갑자기 호빵이 먹고 싶었다. 이 더운 날! 겨우 구한 호빵을
신이 나서 베어 물었다가 아껴 보던 책 위로 기름을 흘렸다.
신나던 마음이 싹 가셨다.

예전에 만들었던 양초들을 모아다가 녹지 않은 테두리를
벅벅 긁어내고 있다. 그렇게 몇 개를 긁어냈더니 꽤 많은 양이
모였다. 이걸 녹이면 한 개쯤은 새로 만들 수 있지 않을까 고
민하고 있는데 옆에서 지켜보던 동생이 그냥 새로 하나 사는
게 좋지 않겠냐고 핀잔을 준다. 미련이 남아 나중에 다시 만들
기로 마음먹고 봉투 한가득 조각들을 쓸어 담는다.

TV에 요가를 하는 장면이 나왔다. 동생과 함께 따라해 봤는데 몇 년 전까지는 되던 동작이 전혀 되질 않았다. 별다른 운동 없이 앉아서 그림만 그리는 생활에 몸이 굳어 버린 걸까? 의식적으로 스트레칭을 하자!

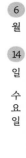

가난해진 마음은 어쩌면 좋을까.

　일전에 했던 캐릭터 디자인을 수정하게 됐는데, 다른 것들은 한 번에 통과되고 하필 내가 가장 자신 있게 보낸 것만 수정 요청이 들어왔다. 대체로 수월했던 일이라 하는 동안 기분이 좋았는데, 그중에서도 특히 자신했던 그림이 딱 걸린 것이다. 이런 내 마음을 아는 사람도 없는데 괜히 멋쩍어하고 있다.

　고민 끝에 아이패드를 구입하고 오후 내내 이것만 붙잡고 있다. 이것저것 그려 보다가 들뜬 마음에 괜히 아직 기한이 남아 있는 작업의 스케치도 해보고, 평소엔 하지 않던 방법으로 그림을 그려 보기도 한다. 시간이 지날수록 내 생활의 가장 큰 즐거움도, 가장 큰 슬픔도 그림이 되어 가는 것 같다.

늦은 저녁식사 도중에 스케치를 하고 있다. 프린트된 종이 옆에 끼적끼적 그리다가 결국 아예 일을 꺼내 두고 먹으면서 한다. 다음부턴 밥 먹을 땐 아예 일을 꺼내지 말아야지, 하며 후회하는 중. 왜 이렇게 항상 바쁠 때 일이 몰리는 걸까?

아, 정말 지쳤다. 몽땅 나 몰라라 하고 싶은 기분.

　오늘은 삽화 작업도 미뤄 두고 사 온 책을 읽으려 했는데 나도 모르게 잠이 들어 하루가 다 갔다. 이럴 줄 알았으면 차라리 일을 하든가, 나가서 기분 전환이라도 하고 왔으면 좋았으련만 하루 종일 이렇게 잠만 자며 보내다니……. 아쉬운 마음에 못 읽은 책을 자꾸 팔락팔락 펼쳐보고만 있다.

그림 속 인물의 표정이 심각해 나도 모르게 심각한 표정을
짓고 있다. 그림 그리는 사람들의 흔한 습관 중 하나라던데.

　"오늘도 정말 애썼다." 거울을 보며 스스로에게 그렇게 말할 수 있는 날은 진심으로 마음이 충만해진다. 나이가 어리다고 무시하는 클라이언트와의 일을 무사히 마쳤고, 내가 해낼 수 있을까 싶었던, 너무도 어렵게 느껴졌던 작업을 무탈하게 끝냈고, 감정적으로 나를 힘들게 만들던 사람에게는 정중히 안녕을 고했다.

　변한게 없는 것처럼 보여도 열심히 해 나가고 있다. 정말로.

　생각대로 되지 않는 것투성이라 조금 지쳐 있다. 사람도, 일도, 그리고 내 기분조차 마음대로 되지 않아서 버겁다는 말이 절로 나오는 날들. 약한 소리는 하고 싶지 않은데 그게 맘처럼 쉽지가 않다.

　평소보다 일찍 들어와 침대 대신 바닥에 누워 있다. 서늘한 바닥에 몸을 착 붙이고 할일이 쌓여 있는 책상 위를 힐끔 보다가 돌아눕는다. 아아, 오늘은 정말 일하기 싫다.

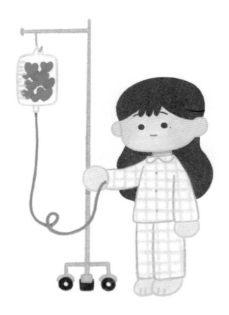

　중요하지만 자꾸 잊게 되는 것들이 있다. 나에게 다정하게 대하는 것과 스스로를 사랑하는 것. 그게 왜 그리도 어렵게 느껴지는지, 매번 마음이 엉망이 되고 나서야 후회가 밀려온다. 문제가 생기면 날 선 눈으로 스스로를 검열하고 탓하는 습관이 나쁜만 아니라 내 주변의 사람들까지 많이 아프게 한다는 것을 어느 순간 알게 되었다. 더 이상 스스로를 못살게 굴고 싶지 않다.

"그러나 때로, 아주 가끔, 우리 자신을 완벽하게 표현하는 노래와 책과 영화와 그림을 만날 때가 있다. 이건 사랑에 빠지는 과정과 비슷하다. 누구나 반드시 가장 좋은 사람이나 가장 현명한 사람이나 가장 아름다운 사람을 사랑하게 되는 건 아니다. 다른 무엇이 있다."

-닉 혼비의 에세이집 『닉 혼비의 노래(들)』 중에서

하루 종일 누워 CHEEZE 노래를 듣고 있다. 나긋하고 예쁜 목소리가 좋다.

　전시를 준비하며 그림을 그리기 시작했다. 자연스러운 게 제일 좋다는 걸 알면서도, 누군가에게 보여 준다고 의식하고 나면 나도 모르게 욕심을 부리게 된다. 그러면 그림이 딱딱해지고 가볍게 그린 것들만 못하게 나올 때가 많은데, 그럼에도 그 '잘해야지'를 못 버린다.

운동에 관한 일러스트를 그리고 있다. 역동적인 느낌이 생각보다 잘 나오지 않아, 지우고 다시 그리길 반복하는 중. 내일까지 보내야 하는데 영 진도가 나가 주지 않는다. 오늘도 일찍 자긴 틀렸다.

　그간 그려 온 것들을 돌이켜 보면 그림의 주체가 소녀인 경
우가 대부분이었다. 되고 싶은 나와, 내가 하고 싶은 말들을
주제로 삼다 보니 자연스럽게 여자 아이를 많이 그리게 되는
것 같다. 또 가끔은 어릴 때의 나나 내 동생이 모델이 되는 경
우도 있다. 그림 속 아이는 정말 평범하고 어디에나 있을 보통
의 여자 아이니까, 누구든 쉽게 자신을 대입해서 볼 수 있지
않을까. 보는 사람이 그림 안에서 자신을 발견해 준다면 그보
다 기쁜 일은 없을 것 같다.

좋아하는 앨범을 샀는데 노트북에도 아이맥에도 CD플레이
어가 없어 듣지 못하고 있다. 비닐도 뜯지 못한 CD를 옆에 두
고 음악 사이트를 통해 들으려니 허탈한 마음에 괜히 웃음이
난다.

　세상에! 벌써 올해의 절반이 지났다. 아직 아무것도 한 일이 없는 것 같아 조금 자책하는 마음으로 일기를 쓴다. 회사를 그만두면 더 내 그림에 집중할 수 있을 거라고 생각했는데 4개월이 지나도록 여전히 일에 쫓기고, 개인 작업에는 전혀 만족하지 못하고 있다. 이제는 느리더라도 내가 원하는 방향으로 나아가야지.

7월

　방 한 구석에 두던 기타를 꺼내 왔다. 오랫동안 만지지 않았더니 우려한 대로 상태가 좋지 않다. 이곳저곳 닦아 내고 줄을 다시 조였다. 방치했던 기타를 꺼내 둔 것, 그게 오늘 내딛은 첫걸음.

　내가 사는 곳은 모든 것이 작다. 작은 세탁기, 작은 건조대, 작은 싱크대까지. 이불을 건조대에 널고 나니 다른 건 더 이상 올려둘 수가 없었다. 그 핑계로 커다란 이불이 마를 때까지 나도 옆에 몸을 뉘여, 이불을 그늘 삼아 낮잠을 잤다. 작은 이 공간을 더 사랑하게 됐다.

　　너무 더워 몇 번이나 자다 깨길 반복하다가 결국 몸을 일으
켜 앉았다. 삐걱대는 침대에서 내려와 차가운 물을 떠놓고, 낮
에 끝내지 못한 일을 다시 붙잡는다. 이게 다 너무 더운 여름
밤 탓이다.

그림을 그리기 전 스케치를 하기 위해 꺼내 둔 종이에 동그
라미만 잔뜩 그렸다. 못난 동그라미들. 내가 원하는 그림이 뭔
지 몰라서 애꿎은 종이만 낭비한다. 패기 넘치게 "내가 원하
는 방법으로 그릴 거야!"라고 했으면서 아직도 내가 뭘 원하
는지 모르는 게 우습다. 이렇게도 그려 봤다가 저렇게도 그려
봤다가 결국 다시 익숙한 방법으로 그림을 그리고 마는 일의
반복이다.

　　며칠 전 사 온 꽃이 다 시들어 버렸다. 가지를 잘라 주고, 매일같이 물을 갈아 줬지만 결국은 필 시기를 다한 것이다. 축 내려앉은 꽃잎이 안타까워 화병에서 꺼내 길게 눕혀 두었다. 이별엔 시간이 필요해.

Mood Indigo

Michel Gondry

"우리가 이 순간을 망쳐 버린다면, 다음에 다시 시도하면
돼요. 그러고서도 또 망치면? 우리에겐 바로잡을 수 있는 평
생이란 시간이 있는걸요."

-영화 <무드 인디고> 중에서

자려고 누웠다가 생각난 김에 다시 본 <무드 인디고>. 미셸
공드리 감독답게 상상력도 영상의 색채도 참 인상적인 영화라
서, 펼쳐진 색색의 색연필을 보고 있다 보면 떠오를 때가 많다.
나에겐 아름답고 초현실적인 색깔로 기억되는 영화.

    진도가 팍팍 나가 단시간에 작업을 깔끔하게 끝낼 수 있었
다. 나도 모르게 웃음이 새어 나온다. 오늘은 다른 일은 생각
하지 않고 일찍 자리에 누워야지.

7

월

8

일

토
요
일

　종이를 양껏 사 왔다. 낑낑대며 들고 온 종이 뭉치를 내려
놓으며 누렇게 변색되기 전에는 꼭 다 써야겠다는 다짐을 했
고, 새 종이 뭉치 옆에는 오늘 그린 두 장의 그림을 놓아뒀다.
남은 하반기에도 두 종이의 높이가 서로 바뀔 때까지 열심히!

　토닥토닥. 스스로의 어깨를 주무르고 있다. 그림을 그리고, 요리와 청소를 하고, 사랑하는 사람과 강아지를 껴안는 소중한 어깨다.

　이렇게 더운 날, 열기가 훅훅 전달되는 모니터 앞에서 그림을 그리는 일은 아무리 반복해도 적응이 되지 않는다. 뜨거워진 모니터를 끄고 노트북으로 옮겨왔건만 손목을 댄 부분이 금세 달아올라 울고 싶어졌다.

아주, 아주 찬 얼음물이 마시고 싶다.

그림 한켠에 괜히 얼음물을 그려 넣는다.

　　조용한 창가에 앉아 여유롭게 그림을 그리는 일. 지문이 묻은 안경을 닦아 내는 일, 손때 묻은 가죽 필통이며 지갑과 천 가방의 색연필 가루를 털어 내는 일, 재단된 종이를 몇 장씩 추려 내어 집게로 집어 두는 일, 뭉뚝해진 색연필을 골라내어 깎는 일.

　　내가 사랑하는 일들.

여-름. 괜히 몇 번이나 길게 소리 내어 말한다. 정말 덥다.
온몸이, 특히 머리가 물렁해져 버린 기분.

작년 이맘때의 그림을 정리했다. 나의 치열했던 스물네 번째 여름. 이렇게 눈으로 보고 또 손으로 더듬을 수 있도록 남아 있어 퍽 다행이라고 생각했다.

"일단 눕고 볼 일이다."

-베른트 브루너의 책 『눕기의 기술』 중에서

애써 웃으며 이불의 먼지를 털고, 책상 여기저기 있는 색연필 가루를 쓸어 내고, 종이도 착착 정리해 모니터 앞에 가지런히 두었다. 그런데도 도무지 그림 그릴 마음이 들지 않아 차가운 바닥에 누워 버렸다. 오늘은 아무래도 한참 동안 일을 손에 잡지 못할 것 같다.

　몇 번을 다시 시도해도 마음에 들지 않아, 이상한 표정으로 그림을 그리다가 잠시 미뤄 두기로 한다. 이럴 때는 휴식과 환기가 정답이다. 에어컨을 켜고, 물을 새로 따라 온 뒤 앉아서 일기를 쓴다. 매일 반복하는 이 과정이 이제는 내게 꽤 큰 안정감을 줘서 마음을 가다듬는 데 큰 도움이 된다. 어딘가에 내놓지 못할 부끄러운 말들, 숨겨 둔 마음, 그림에 대한 투정, 그 외 시답지 않은 일들을 적고나면 한결 가벼워지는 듯해서.

　내일은 막힌 그림을 다시 그리고, 어디선가 봤던 잠이 잘 온다는 아로마 오일을 사야지.

올해 들어 그린 그림들을 모아 정리했다. 더 나아질 거라는 믿음을 가지고 꾸준히 가자. '나 자신만의 템포'를 알고 지켜가는 게 중요하다는 사실을 시간이 갈수록 되새기게 된다.

　그림 두 장이 누락된 채 메일을 보낸 걸 이제야 알았다. 정
신없다, 정신없다 했더니만. 메일을 다시 쓰면서도 민망한 마
음에 말을 몇 번이나 고쳐 적었다. 함께 만드는 일은 간단한
일이어도 실수하고 싶지 않았는데. 아쉬운 마음에 자꾸만 두
손에 얼굴을 묻는다.

    아주 맛있다는 빵을 선물 받아 손에 쥐고 한참을 고민하다
가 그대로 가방에 넣었다. 집으로 돌아오는 길에, 차를 마시며
빌려 온 책을 읽을 때, 청소를 할 때까지 계속 빵에 눈이 가도
참은 건 작업할 때 먹겠다고 스스로와 약속했기 때문이다. 그
림을 그리며 먹은 빵은 정말 듣던 대로 맛있었지만 한편으론
오래 오래 기다렸다가 먹어서 더 맛있게 느껴지는 것 같기도
하다.

팔랑팔랑 넘어가는 페이지가 아쉬워 부러 천천히 읽는 책
이 있다. 그리고 그런 책과 닮은 사람들이 있다.

　책상에서 잠시 내려와 도도를 쓰다듬고 있다. 손바닥으로 느껴지는 따끈함이 위안이 된다. 꿈결 같은 보드라움과 생명의 온기를 지닌 것만으로도, 줄 수 있는 모든 걸 내게 준 너.

사람은 뜻대로 행동할 수 있다. 하지만 어떤 뜻을 세울지는
뜻대로 할 수 없다.

– 아르투어 쇼펜하우어

몸이 너무 무겁다. 머리가 지끈지끈 울리고 아픈데, 끝내야
하는 일이 있어 누울 수는 없다. 그렇게 책상에 고꾸라질 듯
고개를 숙이고 그림을 그린다. 이런 날은 정말 그리기 싫다.
그림이 못났다.

머리가 너무 아파 하루 종일 불도 못 켠 방에 누워 있다. 지금 간절히 원하는 건 시원한 물 한 잔. 흑.

　늦은 오후, 자리에서 일어나 죽을 사 왔다. 먹고 나니 속이
꽤 든든해서 기분이 한결 좋아졌다. 자, 이제 피할 수 없다. 더
미룰 수 없는 나만의 전투를 재개하기로!

　몸이 약해졌을 때 거기에 기대 자꾸만 꾀를 부리면 더 시작
하기 어려워지니, 이런 때일수록 더 단호하게 나를 돌아봐야
한다. 정말 일을 못할 정도로 아픈 건지, 그걸 핑계로 쉬고 싶
은 건지.

색연필을 떨어뜨려 한밤중에 아주 큰 소란을 겪었다. 허겁
지겁 대충 모아 정리했지만 아직도 심장이 쿵쿵 뛰고 있다.

얼기설기 꽂아 둔 색연필에서 부러진 것들을 골라낼 생각
도 못하고 멍하니 한참 현관을 쳐다본다.

　잠시 잠들었을 때 꾼 꿈에서 그림을 그렸다. 그게 진짜라면 얼마나 좋았을까. 평소에 자주 하고 싶다고 말한 대로, 아주 커다란 캔버스에 물감들을 양껏 꺼내어 두고 그리는 꿈이었는데. 꿈속의 나는 정말 즐거워 보여서 꿈을 깨고 나서도 마치 그게 진짜였던 것처럼 기분이 좋았다. 그렇게 즐겁게 그림을 그리는 일이 드물었던 요즘이라 그런 걸까?

　일을 조율하는 과정에서 부당한 대우를 받고, 억울한 나머지 일도 못하고 씩씩대고 있다. 이미 소용없는 일이긴 해도 하고 싶었던 말들을 다시 차근히 정리해 본다. 그러면서 '내가 지금보다 더 잘나가는 사람이었다면, 더 유명한 사람이었다면⋯⋯.' 같은 쓸데없는 가정들만 하면서 땅을 파고 있다.

　가끔 내가 얘기하고도 스스로 놀라는 날카로운 말들이 있다. 뱉는 순간부터 이미 '이건 아니야. 실수하고 있는 거야.'란 생각을 하지만 당연히 되돌릴 수 없어 뼈아프다. 상대를, 그리고 내 혀를 베어 버릴 듯 스쳐지나간 말, 말들.

어쩔 수 없는 일들에 더 많은 시간을 허비하고, 괜찮지 않은데도 괜찮다고 하는 날들이 많아지고, 내 이야기를 솔직하게 할 수 있는 이들이 적어지고, 앞으로의 일보다 지나온 일들을 보는 시간이 많아져도, '나'로 있는 것을 포기하지 않기를. 중심을 잡고 굳건히 서 있기를.

사랑하는 친구에게 보낸 편지.

강아지랑 고양이는 정말 좋겠다.
살쪄도 귀여워서.

선물 받은 책을 읽다 보니 준 사람들의 얼굴이 하나하나 떠오른다. 모두 잘 지내고 있나요? 이 순간 내가 선물한 책을 읽으며 나를 생각하는 사람이 있다면 기쁠 것 같다는 생각도 잠시 해봤다.

8월

　산책하다가 길 가판대에서 망고를 봤다. 할머니 드리면 참 좋겠는데. 좋은 것, 맛있는 것을 보면 꼭 생각나는 우리 할머니. 생각만으로 그친다면 언젠가 분명 후회하게 될 것 같아 할머니와 더 자주 시간을 보내기로 마음먹는다.

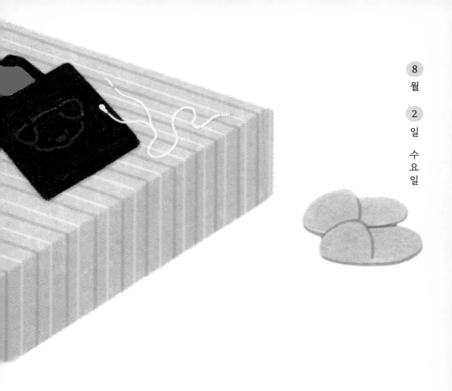

이따금 꺼내어 보고 싶은 그림을 그리는 사람이 되고 싶다.

"마음은 우산과 같다고 할 수 있다. 열면 무척 유용하다."
−독일의 건축가, 디자이너 발터 그로피우스

오랫동안 쓰던 우산을 잃어버렸다. 점심에 갔던 음식점일
까, 낮에 탔던 지하철일까, 돌아오는 길에 탔던 버스일까?

　계속 매달렸던 그림이 마음에 들지 않아, 모조리 엎고 다시
하기로 결정! 마음은 야무지게 먹었는데 갑자기 어깨 힘이 쭉
빠진다.

　내 생각에도 열심히 했는데 성과는 없다니. 요즘은 왜 이렇
게 그림 그리는 일이 어려운지 한 장을 제대로 그려 내기가 힘
들다. 너무 생각이 많아서일까.

오랜만에 광명에 가는 길, 우연히 올려다본 하늘에 곰이 있
다. 내 마음처럼 둥실 떠오른 몽글몽글한 곰 친구.

나를 소개하는 글을 쓰고 있다.

《그림이 있는 생활을 하고 있습니다. 소중하게 간직하고 싶은 일상의 순간들을 그립니다.》

이럴 때마다 매번 나와 내 그림에 대해 설명하는 게 너무 어렵게 느껴진다. 실은 내가 어떤 그림을 그리는 사람인지 잘 모르겠어서. 막연하게 '다시 꺼내어 보고 싶은 그림을 그리는 사람'이 되고 싶다고 생각하고 있지만, 정말 그런 사람이 되고 있는지는 나로선 알 수 없으니까.

어두운 방에서 스탠드 불빛만 희미하게 켜 놓고 무의미한 낙서를 하고 있다. 난 뭘 그리고 싶은 걸까. 스스로도 내 마음을 알 수 없다. "그림을 그리는 사람은 그저 그릴 수밖에 없어요. 그러기 위해 태어났으니까."라는 만화 속 한 구절이 떠오른다. 나 역시 알 수 없으니 계속할 뿐이다. 그리고 또 그리고.

　더위에 지쳐 모니터 앞에서 한참 물러나 앉아 있었다. 떠다
둔 물은 어느새 미지근해져 더위를 식히는 데 별 도움이 되지
않는다. 하루하루 어마어마하게 더워지는 나날. 가을의 시작
이라는 절기 '처서'가 가만 있자……, 2주 남았나?

　오늘 읽은 책 두 권: 헤르만 헤세 『데미안』, 요시모토 바나나 『막다른 골목의 추억』

　처음엔 잠이 잘 오지 않아서 시간을 보내려고 읽기 시작했는데, '아무렴 어때, 어차피 시간에 매여있는 직업도 아닌데.' 싶어서 그냥 잠자기를 포기하고 두 권을 내리 읽었다. 의식적으로 자려고 노력하면 청개구리마냥 더 정신이 또렷해져서 잠들지 못하는 것에 스트레스를 많이 받았었는데, 이제는 잠이 오지 않으면 그냥 자연스럽게 시간을 보낸다.

　음, 건강에 좋지 않으려나?

"아버지는 나에게 일을 하라고 하셨을 뿐, 일을 사랑하라고 가르치신 적은 없다."

—에이브러햄 링컨

가끔은 내가 일을 하고 있는 게 아니라 그저 견뎌 내고 있다고 생각할 때가 있다.

　서랍 제일 아래 깊숙이 넣어 둔 천을 꺼내 한쪽 창을 가렸다. 제대로 된 커튼도 아니고 언젠가 쓰고 남은 짤막한 천이지만, 괜히 뿌듯한 마음에 오늘 하루 창가를 몇 번이나 서성였다.
　이번 생은 미니멀리스트가 되긴 틀렸다.

아무도 모르는 오늘의 나를 기록하고, 그림을 그리고, 읽던 책의 가름끈을 잡아 책을 이어 읽고, 소란해진 밖의 소리를 창을 닫아 멀리하고, 다시 흰 종이를 꺼내어 그림을 그리고. 그렇게 오늘도 하루를 마무리한다.

제출 기한을 촉박하게 받은 일을 해내느라 정신이 없다. 일기를 쓰려고 하니 당장 무얼 먹었는지조차 떠오르지 않아 난감해졌다. 오늘 뭘 했더라? 뭐 때문에 웃었더라?

우선은 엉망이 된 책상과 주변을 정리해야겠다는 생각만 든다.

같이 그림을 그리는 분들과 이런저런 이야기를 했다. 결이 맞는 사람들과 만나고 생활을 공유하는 것이 얼마나 감사한 일인지 알아 가고 있다.

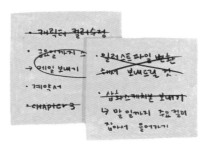

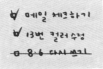

　일이 많아지면 모니터 아래에 메모지를 붙여 해야 할 일을 적어 둔다. 일 하나가 끝날 때마다 차례로 주욱주욱 그어지는 선에 보람을 느끼며, 쫓기는 초조함보다 끝내는 기쁨을 더 크게 느끼려 노력하고 있다.

새벽 2시 반, 도랑도랑 도도의 코고는 소리.

　스캔하려 그려 둔 그림을 정리하다가 손을 베였다. 속도 모르고 얼기설기 쌓여 있는 그림들이 얄궂다.

　서점에서 시간을 보내다 왔다. 인터넷 주문을 통해 책을 사기도 하지만, 아무런 정보 없이 서점에 들어가 천천히 고르는 것을 좋아한다. 표지를 구경하고, 추천사를 읽어 보고, 펼친 페이지에 잠시 빠져들기도 하면서 고른 책을 가방에 넣은 뒤 집으로 돌아갈 때 느껴지는 무게감이 좋다. 일기를 쓰면서도 머리맡에 놓아둔 새 책들을 어서 들춰 보고 싶어 재빨리 글을 쓰고 있다.

아이스크림을 별로 좋아하지 않는데도 오늘은 꽤 여러 개
를 사다 뒀다. 이것마저 없이는 버티기 힘든 더위가 찾아왔다.

특별히 먹고 싶지 않다가도 막상 먹으면 '정말 맛있네!' 생
각하게 되는 게 아이스크림인 것 같다.

　기다리던 책이 도착해 단숨에 읽었다. 좋은 에너지가 담긴 창작물이 주는 영향이란 역시 막대하다. 다시 한 번 내 마음가짐을 점검하게 됐고, 무엇이든 시작하고 싶어졌다. 노트를 활짝 펼쳐 놓고 당장 떠오르는 생각들을 한가득 적고 나니, 벌써 절반은 해낸 것처럼 마음이 붕붕 떠오르고 의욕이 생긴다. 달력 곳곳 비어 있는 날마다 하나씩 새로운 일들을 적어 두고선 충만해진 마음을 안고 잠자리에 든다.

집 앞 카페에 앉아 그림을 그리고 있다. 일만 끝나면 바로 집에 가고 싶었는데, 막상 길을 나서니 괜히 아쉬워져서는 카페에 들어와 졸린 눈을 꿈뻑이며 앉아 있다. 집에 가면 완성해야 할 것들을 스케치해 두고, 따뜻한 차를 마시자. 오늘은 유난히 하루가 길다.

"그가 자신에게 허락한 유일한 사치는 책, 페이퍼백, 주로 소설을 사는 것이었다. 미국 소설, 영국 소설과 번역된 외국 소설들. 하지만 그에게 있어 책이란 사치품이라기보다 생필품이었고, 독서는 치료되기를 전혀 바라지 않는 중독이었다."
－폴 오스터의 소설『선셋 파크』중에서

이사를 앞두고 있어 더 이상 책을 늘리면 안 되는데, 나도 모르게 몇 권씩 사 버리고 만다. 내가 부리는 몇 안 되는 욕심 중에서 특히 버리기 힘든 그것, 책 욕심.

  새로운 일들, 해야 하는 일들은 계속해서 생겨나는데 날씨 탓을 하며 늘어져만 있다. 다음 주부터는 잔뜩 바빠질 예정이니 저, 이번 주까지만 조금 느긋하게 보낼게요.

　A.M. 02:13. 아껴 둔 캔들에 드디어 불을 붙였고 반쪽 남은 까눌레를 한입에 다 먹어 버릴까, 두 번에 나누어 먹을까, 라는 쓸데없는 고민을 하고 있다.

부슬부슬한 긴 머리를 쓸어 올려 묶는 순간을 좋아한다는
걸 알게 된 오늘.

　필름 사진을 인화했다. 나는 사진을 찍는 것도, 다른 사람이 찍은 사진을 보는 것도 좋아하는데 굳이 따지자면 다른 사람의 사진을 보는 쪽을 더 좋아하는 것 같다. 찍은 이의 시선을 훔쳐볼 수 있기 때문이다. 거기 더해, 나는 아무 감흥 없이 넘겼던 것들을 다정한 시선으로 담아내는 눈이 놀라워서.

　요즘은 초보가 찍은 사진도 멋지게 만들어 주는 도구가 많다. 하지만 진짜 필터는 눈에, 머릿속에 있다. 필터를 갈고닦고 싶다. 더 또렷하고 환하게 모든 것을 바라볼 수 있도록.

필름 사진을 보는 일과 하늘을 올려다보는 일, 가사 없는 노래들을 찾아 듣는 일, 그림 그리기 싫은 날엔 그리지 않는 일. 요즘 내가 가장 많이 하고 있는 일들.

　좋아하는 파자마에 오렌지 주스를 흘렸고, 무릎 아래가 노
랗게 얼룩졌지만 허망하게 바라볼 수밖에 없었다. 정말 말 그
대로 엎질러진 물인걸.

　오후 내내 얼룩을 지우는 방법을 검색하고 시도해 봤지만
수습 불가다. 이제 저 파자마는 '좋아하는' 파자마가 아니라
'얼룩진' 파자마로 기억되겠지. 그건 조금 슬프다.

　나는 여름을 그다지 좋아하는 사람은 아니다. 하지만 유난히 노란 볕이며, 짙은 나무 그림자와 파랗게 올라온 잎사귀, 분수대에서 들려오는 웃음소리, 물그림자와 미지근한 바람은 역시 여름만의 것이다. 그것들이 이루는 특유의 색과 분위기가 좋다. 올 여름은 그게 유난히 더 크게 다가온다.

    조금 긴 편지와 메시지들을 받았다. 이렇게 내 그림을 좋아
해 주고 응원해 주시는 분들이 있구나 싶어 기쁘고 놀랍다. 내
일이, 혹은 내가 즐거워서 그린 그림이 다른 사람들에게 전달
되어 '좋아하는 무엇'이 될 수 있다는 건 정말 감사한 일. 더 즐
겁게, 더 많이 그리고 싶다.

"살다 보면 세상에 아름다움이 충분하다고 느껴지는 때가 온다. 사진을 찍을 필요도, 그림을 그릴 필요도, 심지어 기억할 필요도 없다. 그냥 바라보는 것으로 충분하다."

-작가 토니 모리슨

눈치 채지 못할 새에 물들곤 한다. 곁에 있는 사람의 감정, 기분, 행동, 말투. 단단한 마음을 가진 사람 옆에 있는 시간이 길어져서일까, 몇 달 전의 내가 보면 놀랄 만큼 평온해졌다. 시간이 더 오래오래 지나고 나면 우리는 얼마나 더 닮아 있을까.

9월

　노래를 들으며 누워 있다. 이대로 달콤하고 안락한 잠 속으로 빠져든다면, 새하얀 양떼와 버터처럼 부드러운 첼로의 음률이 있는 흐뭇한 꿈을 꿀 것 같다.

조금 더 잘해 내고 싶다.
답답한 마음을 어찌할지 모르겠다.
더딘 손과 빠르게 지나가는 시간이,
마냥 기다려 주지 않는 주변이 야속하다.

남의 슬픔이나 불편함을 예민하다는 한마디로 단정해 버리다니. 꾹꾹 눌러 담은 말들이 마음을 어지럽히고, 억울한 마음에 쉬이 잠이 오지 않는다.

그냥 말할걸. 그건 정말 무례한 말이라고 그냥 말해 줄걸.

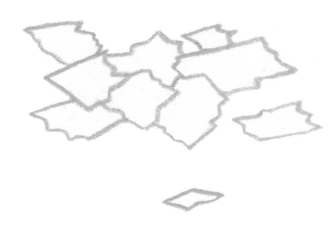

오늘 내내 입 안을 찌르던 한마디. '잘 알지도 못하면서.'

얼마나 무책임한 말들을 늘어놓고 있는지 모르겠지. 모르니까 저렇게 할 수 있는 거겠지. 속상하고, 무엇보다 아무 말도 하지 못하고 그냥 돌아온 내가 답답해서 슬펐던 날.

공작부인은 쉰 목소리로 투덜거렸다.

"사람들이 자기 일에만 신경 쓴다면 세상은 지금보다 훨씬 더 빨리 돌아갈 텐데."

– 루이스 캐럴의 소설 『이상한 나라의 앨리스』 중에서

남의 이야기를 전해들을 때는 어떻게 반응해야 할지 모르겠다. "별로 알고 싶지 않습니다."라고 잘라 버려 상대를 민망하게 만들 수도 없고, 그렇다고 험담에 맞장구를 칠 수도 없다. 이런 일들이 매번 가장 어렵다.

　서랍을 정리하다 보니 선크림이 잔뜩 나왔다. 햇빛 아래에 있으면 가렵고 빨갛게 달아오르는 피부를 가진 터라 신경 쓰다 보니 이렇게 욕심쟁이처럼 쟁여 두게 된 것. 하나씩 유통 기한을 확인하며 꺼내 놓으니 생각보다 더 많아서, 조금 자제해야겠다고 결심했다.

　편지 쓰는 일을 좋아한다. 내가 아는 가장 다정한 말을 고르고, 글씨를 힘주어 예쁘게 쓰고, 반듯하게 접어 봉투에 넣는…… 어쩌면 조금 수고스러운 일련의 과정이 참 사랑스럽게 느껴진다. 편지를 주고받는 일의 기쁨을 생각한다면, '이 시대 최후의 아날로그 인간'이라고 놀림받아도 상관없는 기분. 오늘도 편지지 몇 장을 펼쳐 놓고 어떤 말로 내 마음을 전할 수 있을지 고민한다.

별이 좋은 나라를 검색해 본다. 한참을 그러고 있다 보면 그런 곳에서 살고 있는 나를 상상하게 된다. 그늘에 앉아 햇별에 달아오른 얼굴을 손으로 식혀 가며, 눈이 부시다고 투덜거리고 싶다.

　늦은 시간, 돌아오는 길에 들른 빵집에 내가 좋아하는 빵이 남아 있어 기분 좋은 날.

　거짓말처럼 딱 하나 남은 빵을 집어 들고 돌아오면서 부디 딱 이만큼의 행복이 자주 있었으면 좋겠다고 생각했다.

　　그림이 힘들어질 때 가끔 생각나는 <허니와 클로버>. 그리고 만드는 일에 몰입해 있는 사람들을 보다 보면 너무 즐거워 보이고 괜히 나까지 두근거려서 '그래, 그림을 그리자.'라는 생각을 하게 된다. 나, 너무 뻔한 사람인 걸까?

아직도 <허니와 클로버>의 여운에 빠져 있다. '좋고 싫음과
상관없이 뭔가 이루어 내야 할 것을 가지고 태어난 사람도 있
다'는 말이 왜 그렇게도 아프게 인상에 남던지.

일을 하고 나면 지쳐서인지 내 그림을 그릴 의욕이 사라지고
만다. 그래서 끝나면 이걸 그려야지, 저걸 그려야지 하며 별렀
던 것들을 미뤄 두기만 했는데, 이번엔 정말 큰 캔버스를 사다
가 그림을 그려야겠다.

이번 여름의 교복 같은 옷들. 더위에 지쳐 도무지 꾸밀 의욕이 나질 않아서 자꾸자꾸 더 편한 옷만 찾고 있다. 외부에 미팅하러 나가지 않아도 갖춰 입자고 마음먹었었는데, 그게 맘처럼 쉽지가 않네.

음, 단정하고 편한 옷을 찾아야겠어!

　동생이 드라이기를 다 쓸 때까지 기다리는 동안 볼 생각으로 책을 한 권 펼쳤다. 그런데 생각보다 훨씬 더 재미있어 멈출 수가 없었고, 결국은 물이 뚝뚝 떨어지는 머리카락을 대충 수건으로 감아올리고 끝까지 다 읽어 버렸다.

　업무 미팅을 갔다가 돌아오는 길, 빵집 앞에서 얌전히 기다
리던 귀여운 강아지를 보니 집에서 홀로 기다리고 있을 도도
가 생각나 걸음이 빨라졌다. 의식하지 못하는 사이, 언제 이렇
게 내게 큰 존재가 된 건지 어딜 가도 너무나 쉽게 도도를 떠
올리게 됐다.

촉박한 일정에 정신없는 가운데, 시종일관 무례한 태도를 보이는 사람을 상대하는 고충이 더해졌다. 마치 터지기 직전의 폭탄을 들고 있는 기분. 그러니 조금 무리를 해서라도 어서 끝내고 싶은 마음뿐이다.

　자기 전 무심코 집어 든 책을 읽고 났더니 내용이 묘하게 찜
찜해서 기분이 안 좋아졌다. 가슴이 울렁울렁하고 불쾌한 기
분. 전에 재밌게 읽었던 책을 다시 꺼내어 읽어 봐도 자꾸만
잔상이 떠올라 결국 몇 장 읽지 못하고 일기를 쓴다. 다음부터
자기 전에 읽을 책은 좀 더 신중하게 골라야겠다고 다짐한다.

안 돼.

안 돼.

오늘 가장 많이 들은 말.

　정말 꽉 찬 한 달을 보내고 있는데, 이사 준비라는 분주한 과제가 더해졌다. 살 것과 버릴 것을 나누고 진행 중인 일을 미루기도 하며 지내는 날들.

　이렇게 마음을 먹고 나면 버릴 것과 계속 갖고 있을 것들이 쉽게 나뉘는데, 평소엔 그게 왜 그렇게 힘이 드는지 모를 일이다. 얼추 정리된 상자들을 밀어 두고 아주 늦은 저녁 겸 야식을 먹는다.

하루 종일 침대에서 벗어나지 못하고 있다. 하고 있던 일도 마무리했고, 침구도 갈았으니 여기만큼 좋은 곳이 없다. 침대 위에서 노트북을 켜 놓고 영화를 보다가도 자꾸만 새 이불의 향긋한 내음을 맡는다. 내일도 모레도 계속 이렇게 지냈으면 좋겠네.

동생이 기타를 배우면서 제법 척척 코드를 잡는 모습을 보니 나도 다시 기타를 쳐 보고 싶은 마음이 생겼다. 매년 코드만 조금 외우다가, 굳은살이 생길쯤엔 일에 쫓겨 기타는 뒷전이 되는 일의 연속이었는데……. 주먹을 불끈 쥐며 결심! 이번엔 느리더라도 꾸준히 해보고 싶다.

　가끔 여행하는 사람처럼 한순간 한순간이 새삼스레 낯설
고 즐겁게 느껴질 때가 있다. 아침에 머리맡으로 떨어지는 햇
살에 기분 좋게 잠에서 깨고, 한낮의 뜨거운 볕을 피해 들어간
나무 그늘에서 찾은 꽃에 기뻐하고, 저녁에 부는 시원한 바람
이 행복해 웃음이 터져 나오는 막 피어난 새싹처럼 기분 좋은
날들.

　　사진 찍을 일이 있어 필름 카메라를 꺼냈는데 어느 걸 가져
가야 할지 고민이다. 이건 이래서 좋고, 저건 저래서 좋고…….
결국엔 하나를 고르지 못하고 매번 두 가지 다 가져가게 되
지만. 다른 일을 선택할 때도 이렇게 둘 다 고를 수 있다면
얼마나 좋을까. 말도 안 되는 생각인 걸 알기에 피식 웃다가
도, 어쩔 수 없이 느껴지는 아쉬움에 괜히 카메라 주머니만 꽉
묶는다.

이사 갈 집에 흰색의 페인트를 계속해서 바르고 또 발랐더니 샤워를 하고 나서도 곳곳에 페인트가 묻어 있다. 작게 말라붙은 페인트 자국을 손끝으로 억지로 문질러가며 떼어 내다가도, 하루 종일 열심히 일 한 증거라고 생각하니 오늘은 그냥 둘까 싶기도.

9

월

24

일

일
요
일

　어제 남았던 페인트칠을 마무리하고 여기저기에 페인트가 묻은 채로 새로운 동네를 돌아다녔다. 낯설고 이상한 기분. 스무 살이 넘어서는 이런저런 이유로 이사를 많이 하게 됐는데, 이번에는 꽤 오랫동안 지내게 될 곳이라 더 마음을 두려 노력하게 되는 것 같다. 이곳에서는 더 즐거운 마음으로 그림을 많이 그릴 수 있었으면 좋겠다.

283

　　최근 야식 먹는 일이 잦아지면서 배가 부르면서도 부담스
럽지 않은 음식이 뭘까 고민 중이었다. 그러다 우연히 찬장에
있던 라이스페이퍼로 월남쌈을 만들어 먹고는 내심 '유레카!'
를 외쳤다. 야채 위주로 먹으니 속이 불편하지도 않고, 모양이
예쁜 데다 맛도 있어 야식 타임이 즐거워졌다. 속 재료를 조금
더 넉넉히 사다 둬야겠다.

간만에 열심히 화장을 하고 나왔는데 나오자마자 비가 내려 머리도, 일정도 엉망이 됐다. 미리 계획한 일들이 허사가 되긴 했어도 비 덕분에 간만에 날이 시원하게 느껴져, 버스에서 조금 일찍 내려 걸어왔다.

비는 익숙한 거리를 다른 모습으로 물들였고, 무심히 지나친 것들을 눈여겨보게 했다. 집에 거의 도착했을 때는 축축하게 젖은 운동화에 조금 후회가 되기도 했지만.

여행을 떠나기 전 미리 집을 싸고 있다. 이렇게도 넣어 봤다가, 저렇게도 넣어 봤다가 결국은 처음으로 돌아가 다시 집을 싼다. 평소에 이것저것 많이 챙겨 다니는 스타일이라, 여행 갈 때만은 가볍게 떠나고 싶다고 생각했기 때문에 고민이 깊어진다. 갈 때마다 매번 챙겨 가도 결국은 몇 장 그리지도 못하면서, 아쉬운 마음에 바리바리 싼 드로잉북과 색연필들을 자꾸만 잡았다 놓았다 하며 애꿎은 시간만 보내는 중.

책장에 붙여둘 귀여운 조각천

정신없던 이사가 끝났다. 페인트칠을 하고 가구를 나르고 조립하는 부산한 과정을 마치고, 설레는 마음으로 사 뒀던 천을 꺼내어 책장 한 칸에 붙여 뒀다. 이것만으로도 방에 애착이 더해지는 기분.

이름은 몰라요. 그의 이름 아닌 이름은 밍숭맹숭 씨. 무덤덤하고 미적지근한 밍숭맹숭 씨. 존재감 있는 사람은 아니었거든요. 그냥 어떤 풍경처럼 존재하는 사람이었어요.

−

작은 이야기를 만들고 있다.

오늘 우연히 내가 그림 그리는 모습을 찍은 동영상을 보았다. 그림 그리는 스스로의 모습을 처음 보면서 낯선 나를 새로 발견한 것 같다. '어라, 이거 내가 맞나?' 생각하게 되는 움직임이나, '내가 저런 표정을 짓는다고?' 싶은 표정들.

영상 속의 내가 부끄럽다가도 '난 정말 이 일을 좋아하는구나.' 싶어서 고개가 끄덕여진다.

10월

Botanical Art

식물 세밀화 책을 찾아보고 있다. 낮에 들른 카페 한켠에 꽂혀 있던 세밀화 책을 보고 나서 왠지 모를 설렘을 느껴, 집에 오자마자 노트북을 켜고 이것저것 검색했다. 그러다 문득 시계를 보니 벌써 2시간이 훌쩍 지나 있었다. 해야 할 일이 잔뜩 있는데 이렇게나 푹 빠져 있었다니.

　일찍 일어나 집 앞 편의점에서 주전부리를 사왔다. 비가 와서 그런지 더위도 조금 누그러진 것 같고, 오랜만에 이 시간에 움직이는 게 좋기도 해서 절로 노래를 흥얼거리게 된다. 이런 날 일만 없으면 완벽했을 텐데. 어제 못 다한 작업을 마무리하려 집으로 돌아오니 빗방울이 굵어지고 있다.

　꿉꿉한 날씨지만 일을 끝내고 밖으로 나오니 발걸음이 가 볍다. 오늘은 시계를 확인해 가며 남은 분량을 계속 헤아리지 않아도 된다. "마감이 있는 인생은 빨리 간다."고 누가 그랬더 라? 열렬히 동감하는 바입니다.

평소 떡을 즐겨 먹진 않지만 기분도 낼 겸 송편 대신 꿀떡을
사 왔다. 그릇에 양껏 덜어 보관해 두니 마음이 든든하다. 늦
은 시간이라 먹지 않으려 했건만 자꾸만 눈이 가, 하나씩 집어
먹으며 일기를 쓰고 있으니 일기장이 엉망이다.

막 씻고 나온 참이다. 좋아하는 바디 로션을 바르고 누워 책을 읽는다. 그러면 언제나처럼 슬그머니 도도가 몸을 붙여 누워 고롱고롱 잠이 든다. 그림을 그리려면 이제 일어나야 하는데 도무지 일어날 수가 없다. 마감까지 며칠 남았더라, 수정해야 할 그림이 몇 장이더라. 머릿속으로 셈하다가 딱 한 시간만 더 누워 있기로 했다.

　아등바등 그리고 있다. 왜 이렇게 어려운지. 곧 끝내야 하는 작업이 너무 부담스럽게 느껴져서, 그림을 그릴 때마다 가슴에 커다란 바위를 얹은 것마냥 무거운 마음이다. 차가운 책상에 고개를 떨구고 이마를 붙이고 있다가도 '이러고 있을 시간이 어디 있나' 싶어 다시 기합을 넣는다. 아무리 어려워도 끝은 있게 마련이다. 오늘은 최고를 못 만들어도 최악만은 피하자는 마음으로 그림을 그린다.

눈물이 자꾸 흐르고 눈이 따갑기에 약국에 가보니 다래끼가 난 거였다. 약을 받아들며 나도 모르게 "다래끼는 처음이네."라고 말했더니 약사님은 웃으시며 약과 함께 비타민 사탕 하나를 쥐어 주셨다. 민망함에 후끈한 귀를 자꾸만 만지고 있다.

　이미 지쳤는데 갈 길이 멀다. 앞으로 호흡이 긴 작업은 신중하게 결정할 것. 시작하기 전까지는 의욕이 넘쳤는데, 역시 해보기 전까진 무엇도 장담할 수 없다. 가르쳐 주는 사람 없이 혼자 내린 결정이니 당연하다 싶으면서도 '그런 대가치고는 너무 혹독하네.' 싶은 마음에 실없는 웃음만 짓는다. 그래도 비슷한 일이 들어오면 또 덥석 하겠지. 끝났을 때의 성취감만 생각하고, 지금의 어려움을 "조금 고생했지만 뿌듯했지."라고 미화해 버리면서. 그때의 내가 꼭 이 일기를 다시 읽어 봤으면 좋겠다.

처음으로 집에서 아이스 밀크티를 만들어 마셨다. 생각보
다 훨씬 맛있어서 오늘만 벌써 세 잔을 내리 마셨다. 다음엔
좀 더 제대로 만들고 싶어서 얼음 틀도 주문하고, 기억을 더듬
어 언젠가 들었던 맛있는 홍차 브랜드들을 적어 둔다.

골목길 안쪽의 작은 상점을 들여다본다. 들어갈까 하다가도 그냥 들여다보기만 한다. 궁금한 가게는 아직 조금 더 남겨 놓고 싶다. 너무 도망가고 싶어지는 그런 날, 모든 게 다 지루하게 느껴지는 날에 들어가 봐야지. 생각보다 더 멋진 곳이면 감탄하고 좋아하면 될 일이고, 기대에 못 미치는 곳이면 "생각과는 조금 다르네."하며 또 새로운 곳을 찾으면 된다.

비슷하게 흘러가는 일상에 작은 이벤트를 스스로 만들어 두면 생각보다 꽤 좋은 기분 전환이 된다는 걸 안 이후로는, 언젠가는 가 봐야 할 곳의 리스트를 꾸준히 만들고 있다.

엉망진창인 내 오른손. 오른손이 또 고장 나 물리치료를 받았더니 여기저기 멍투성이다. 언제쯤 괜찮아질까. 기다려 주는 건 아무것도 없는데.

　더운 히터 바람에 잠깐 벗어 둔 카디건은 잃어버렸고, 지하
철에서 내내 읽은 책 한 권은 머릿속에 조금도 남지 않았다.
하루 종일 별다른 이유도 없이 멍했던 날이다. 지금까지도 얼
떨떨하네.

"아름다운 걸 보고 아름답다고 느낄 수 있어서 좋았어."

-영화 <바닷마을 다이어리> 중에서

오랜만에 다시 본 <바닷마을 다이어리>. 55살이 된 매실나무와 스즈가 등장하는 장면을 특히 좋아한다. 그런 추억이 내게도 있기 때문이다. 때가 되면 우리 할머니는 매실을 몇 박스 씩 사다가 매실청을 담그고 항상 나눠 주셨다. 다시 뜨거운 여름이 되면 할머니가 주신 매실청을 시원하게 마시며 보고 싶다.

돌아오는 길에 꼭 사야 한다고 몇 번이나 되새기던 것. 바로 그게 뭔지 생각나지 않아 마트 앞에서 한참을 멍청히 서 있다 그냥 돌아왔다. 집에 와서도 떠오르질 않아 혼자 심각한 표정을 한 채 누워 있다. 음, 뭐였더라……, 뭐였더라.

식어 버린 차와 뜨뜻해진 맥주처럼 미적지근한 관계.

어느 한쪽도 더 이상 노력하지 않는, 그런 관계 속에 있다.

이제 서로의 하루가 궁금하지 않고 바라는 것도 없다는 게 조금 서글프다.

몇 년째 같은 악몽을 꾼다. 즐거운 생일 파티에서 갑자기 나타난 누군가가 내가 사랑하는 사람을 죽이고 도망가는 꿈. 어떤 날은 그 대상이 할머니였다가, 어떤 날은 부모님이었다가, 어떤 날은 좋아하는 작가님이었다가, 어떤 날은 내가 죽는다. 아무도 도와주지 않고, 아무도 관심이 없다. 그렇게 주인공이 죽은 생일 파티가 계속되는, 그런 악몽.

오늘은 할머니였다. 지독한 악몽인 걸 알고 잠에서 깨어났어도 눈물이 멈추지 않았다.

　투명한 유리컵을 좋아한다. 한 번도 깊이 생각해 본 적은 없었는데, 오늘 사 온 유리컵을 찬장에 넣어 둘 때 보니 전부 투명한 유리컵뿐이라 깨닫게 된 사실. 그러고 보면 아무리 예뻐도 불투명한 컵을 갖고 싶다는 생각은 해본 적이 없다.

　날이 더우면 어쩔 수 없이 빨래가 금방 쌓인다. 밤새 그림
을 그렸으니 오늘만큼은 아무것도 안 하고 내내 잠만 자려 했
는데, 결국 쌓인 빨래를 지나치지 못하고 세탁기부터 돌리고
있다. 그래. 미뤄서 찜찜한 것보다는 좀 피곤해도 미리 해 두
는 게 훨씬 마음이 편하니까.

우리 집 막내들의 생일. 멀리서나마 축하의 메세지를 보낸
다. 누군가 이런 얘기를 했었어. 생일을 축하한다는 건, 당신
의 인생을 모두가 사랑한다는 뜻이라고. 생일 축하해!

밀린 일들이 많아, 잠도 못 자고 계속 버티며 일을 하고 있다. 올 연말부터 내년 초까지는 바쁘겠다 싶은데 그게 좋기도 하고, 벌써부터 조금 지치기도 하고.

쫓기듯 그려서 아쉬움을 남기고 싶지는 않은데. 아무리 쉽고 간단해 보이는 그림이어도, 그린 사람의 셀 수 없는 고민이 녹아 있다는 걸 사람들은 알아줄까?

　예전에 친한 작가님께 선물 받았던 디퓨저를 이제야 열어
봤다. 처음 접해 보는 것 같은 엄청 고급스러운 향. 나는 향기
만큼 사람마다 호불호가 갈리는 게 없다고 생각해서 선물로
주기 참 어려운 물건이라고 생각했는데, 다음엔 나도 내가 좋
아하는 향초를 선물해 볼까 한다. 선물 받은 디퓨저 덕이다.
단순히 내가 좋아하고 그렇지 않고를 떠나, 그 향을 맡으면 선
물해 준 사람이 떠오르고 그 향이 그 사람의 이미지가 되는 게
너무 인상적이었기 때문에.

　친구들과 어릴 적 이야기를 하다가, 그때의 사진을 보여 주
는 걸 보며 좀 부러워졌다. 우리 가족들에겐 어린 시절 사진이
거의 없고, 지금도 나는 주로 남을 찍어 주는 편이라 내가 나
온 사진이 아주 적기 때문이다. 지금부터라도 기회가 있을 때
마다 조금씩 나를 담아 봐야겠다.

이사 오고 처음 가 본 산책로에서 발견한 5000년 된 나무.
혼자 우뚝 서 있는 모습이 마치 다른 시간 속에 존재하는 것만
같다.

　토마토를 잔뜩 얻어서 끼니마다 먹고 있다. 버리지 않고 다 먹을 수 있을까 걱정했는데 이 기세라면 금방 동이 날 것 같다. 싱싱한 토마토를 한입 베어 물 때 저절로 '생기'란 말을 떠올리게 된다. 건강이 몸속으로 쑥 들어온 기분이다.

　친구와 이야기를 하며 종이에 한 가득 그린 그림. 비가 시
원하게 내렸으면 좋겠다. 그 비가 그치고 나면 흙냄새가 나는
수목원에 가야지. 예전처럼 작은 드로잉북을 가져가 그림을
그리고, 또 걷다가 멈춰 그림을 그리고 싶다.

　오랜만에 꺼낸 가방 안에서 그림이 그려진 핸디 노트를 발견했다. 내가 그린 게 분명한데 아무리 봐도 왜 그린 건지, 뭘 그린 건지 알 수가 없다. 뒷장도 그 뒷장도 전부 이런 그림들 투성이라 모르는 사람의 그림을 보는 것처럼 구경했다. 손이 가는 대로 막 그리면 난 이런 걸 그리게 되는 걸까?

볼 때마다 기분 좋아지는 <허니와 클로버> 하구미의 그림 도구.

저렇게 테이블 가득 물감이며 붓들을 늘어놓고 그림을 그려 본 게 언제인지 모르겠다. 내가 주로 작업하는 방식은 물감과 거리가 멀어서, 본격적으로 일을 하게 된 이후로는 더더욱 물감을 만져 본 적이 없다. 가장 아쉬운 점 중 하나. 아마 지금 그려 보면 예전만큼도 못 그리겠지.

이불 속이 최고야

이불 속에서 꼬물거리는 시간이 길어지는 계절이 왔다. 두꺼운 이불이 부담스럽게 느껴지지 않고 아늑하기만 해서 늘어지고야 마는 게으름뱅이들의 계절. 할 일이 있는데도 이불 밖으로 나가기가 정말 싫을 땐 역사 속 어느 인물처럼 외치고 싶다. 신은 왜 일을 낳고 이불도 낳았단 말입니까!

　전시회를 보고 왔다. 역시 좋은 그림은 좋은 에너지를 주는구나, 하고 한 번 더 느꼈던 오늘. 그림은 그릴수록 어렵고 더 갈증 나게 하는 것 같다.

　색연필로 그린 소녀 그림들이 많이 사랑받으면서 자연스레 이런 방식의 그림으로 굳혀졌는데, 가끔은 아쉬울 때가 있다. 더 다양하게 많이 그려 보고 시작하게 됐다면 더 좋았을 텐데. 뭐, 일을 조금 줄이더라도 자유롭게 많이 시도해 보려고 퇴사도 하고, 지금 같은 시간들을 만든 거니까 앞으로 아쉬웠던 만큼 그리면 된다. 그걸 생각하면 정말 가슴이 뛴다.

　메일에 답장을 쓸 때마다 긴 시간 고민하게 된다. 말재주며 글재주가 없어 몇 번이고 다듬어야 하기 때문이다. 책을 멀리하는 편은 아닌데, 그것과는 별개인 걸까.

　항상 침대 옆 협탁에 두고 자던 작은 전기 모기채가 보이질
않아 발을 동동 구르며 찾고 있다. 이 모기채 없이는 요즘 잠
을 못 자는데. 어디에 둔 건지 정말 모르겠네.

11월

　내일 마늘빵을 만들어 먹으려고 바게트를 사 왔다. 코트에 모자에 바게트까지 완벽하게 틀에 박힌 이미지의 집합체라 빵집에서 나올 때는 조금 부끄러운 기분도 들었지만, 가방 밖으로 빼꼼 튀어나온 바게트가 참 귀여워서 조금 더 걷는 것도 좋을 것 같다는 생각이 들었다.

　다가오는 추위에 미리 준비한 귀여운 장갑. 평소엔 장갑을
낀 보람도 없이 손이 차기만 했는데, 이번엔 안에 보들보들한
털이 달린 장갑이니 효과가 있지 않을까 기대 중이다.

그림 그리는 친구들이 생기면 좋겠다. 회사에 다닐 때는 같이 근무하는 작가님들과 매일같이 저녁을 먹으면서도, 카페에 가서도 마치 당연한 것처럼 함께 그림을 그리곤 했는데 이제는 처한 환경도 달라지고, 사는 곳도 멀어지니 그럴 일이 없다. 정말 좋았던 기억들인데. 그때 그린 그림들은 지금 그리는 그림보다 어설프지만 그래도 볼 때마다 즐겁게 그렸다는 게 느껴져서 참 좋다고 생각한다. 즐거울 때 그린 그림에는 좋은 에너지가 담겨 있다.

아, 정말 다시 그림 그리는 친구들이 생기면 참 좋겠다.

어떻게 하면 포장을 잘할 수 있을지 곰곰 생각 중이다. 얼마 전 스티커와 엽서의 포장 덕에 기분이 좋았다는 이야기를 많이 들었기 때문이다. 아예 새롭게 포장지나 스티커를 만들어 보는 것도 좋을 것 같아, 메모장에 이것저것 시안을 잔뜩 그려 보고 있다.

이번 주는 계속 기다림의 연속이었다. 연락도, 사람도, 그림도.

　매장에 갈 때마다 한두 컬레씩 사 왔더니 양말이 한가득.
낡은 양말은 버리고, 택도 뜯지 않고 모아 둔 양말을 꺼내 뒀
다. 새 양말을 비슷한 색끼리 모아 정리해 두니 가득 차 버린
서랍장. 보기만 해도 부자가 된 기분이다.

아, 겨울 냄새. 혼자 그렇게 중얼거리고선 겨울 냄새란 게 뭘까 생각해 봤는데, 딱 이거라고 정의하기 힘들었다. 분명한 건, '겨울 냄새는 있다'는 것.

찬 공기가 기분 좋아, 시린 양 볼을 감싸다가도 숨을 깊게 들이마시고 일부러 걸음을 늦춘다.

요 며칠 날이 흐리더니 길에 은행잎이 잔뜩 떨어졌다. 허리
를 굽혀 상처 없이 깨끗하고 모양이 바른 잎을 찾아다니다가
차 아래 고양이와 눈이 마주쳤다. 무심하게 쳐다보는 고양이
는 뭘 이런 걸 다 가져가냐는 표정이다.

왜 뭐든 밤에 먹는 게 더 맛있을까. 오늘도 잔뜩 먹고는 깊이 참회 중. 이렇게 먹고 나면 잠도 편히 못 자면서. 부른 배를 꺼뜨리겠다고 이리저리 부산스럽게 돌아다니고, 어설픈 스트레칭도 하다가 무거운 배가 버거워 다시 자리에 앉아 버리곤 후회만 하고 있다.

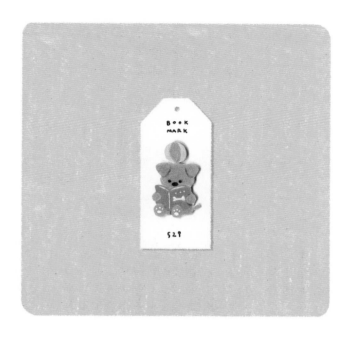

"영감의 원천은 바로 '마감'이다."
　　　-미국의 사업가 겸 소프트웨어 개발자 놀란 부쉬맨
　　　(게임회사 아타리 창업자로, 흔히 '스티브 잡스의
　　　유일한 상사'로 알려져 있다.)

　새로 만든 책갈피가 맘에 들어 여러 개 더 만들어 볼까 하고
본격적으로 스케치를 하고 있다. 이상하게 마감이 다가오면
이런 일이 제일 재밌고 잘된다.

야심차게 주문한 캔들 재료가 도착했다. 이번엔 선물도 해볼 생각으로 스티커도 만들었으니 기합이 잔뜩 들어간 셈이다. 어서 밀린 메일에 답장을 한 뒤 본격적으로 만들어야지. 빨리 하고 싶은 마음에 일기장 속 글씨가 날아간다.

친구가 뜬금없이 메신저로 트로피를 그려 보냈다.
《올해의 올빼미 상》이라고?!

시린 손을 틈틈이 맞잡아 녹여 가며 그림을 그리고 있다. 내일은 꼭 창가 옆 작업대를 다른 곳으로 옮겨야겠다고 생각 하며.

　테이블 야자에 볕을 쬐여 주려고 창문가에 30분 정도 놔뒀
더니, 그 사이 물이 꽝꽝 얼어 잎이 죄다 노랗게 변해 버렸다.
조금 추워도 볕을 쬐는 게 더 좋지 않을까 생각했던 건데. 녹
색 빛이 살아있는 줄기만 몇 개 놔두고 잘라내는 내내 마음이
안 좋다. 언젠가 들었던 말 때문일까. 결국 네가 한 행동은 날
위해서 한 게 아니라 네가 좋아서 한 행동이었을 거라던 말.
나는 또 내가 모르는 사이에 그런 실수를 반복하고 있는 걸까.

12월

처음에는 잠이 너무 오지 않아서 일기를 쓰기 시작했다. 쫓기는 일정에 쉽게 밤낮이 바뀌고, 일이 몰리다가도 물 빠지듯 한 번에 없어지면 어쩌나 걱정되어 잠을 설쳤다. 그러다보니 자연스레 쉽게 잠들지 못하게 되었고 그걸 이겨 내려고 이런 저런 방법을 많이 찾아보았다.

잠들기 전에 머릿속을 비워 내듯 일기를 쓰는 게 확실하게 효과가 있다곤 할 수 없지만, 잠들기 전 하는 루틴이 되다 보니 글을 쓰고, 간단한 그림을 그린 뒤 종이를 덮으면 아, 잘 시간이구나 하고 눈꺼풀이 무거워진다.

　아주, 아주 사랑하는 너에게 하고 싶은 말을 담아 여기저기
입을 맞추고 몇 번이고 안아 줬다. 내가 너로 인해 행복한 만
큼, 너도 행복했으면 좋겠어.

　크리스마스카드와 함께 좋아했던 해바라기 그림을 출력했
다. 빳빳한 종이를 만지며 여러 얼굴들을 떠올린다. 오랜만에
편지를 써야지. 봄이 오기 전에 우리 꼭 만나자고, 정말 보고
싶다고 말해야겠어. 손을 잡아 줄 수 없는 사람들에게 이 겨울
이 너무 춥지 않았으면 좋겠다. 내게 나눠 줬던 다정함만큼 나
역시도 돌려줄 수 있기를.

늦게까지 수정을 하느라 잠을 설쳤더니 설핏 잠이 들어 꿈을 꿨다. 머리 위로는 거짓말처럼 큰 달이 떠 있었고 나는 어디서 났는지 모를 망원경으로 달을 보고 있었다. 눈이 부실 정도로 밝은 달이었다. 지금 여긴 비가 오고 있는데.

길을 지나다 반가운 붕어빵을 발견했다. 동전 지갑 속 꼬깃한 지폐를 모두 꺼내서 산 붕어빵 봉투는 따뜻하고 제법 묵직해서, 마치 살아있는 존재처럼 느껴졌다.

　낡은 붓에 돌돌 말린 테이프를 떼어 내고 새 테이프를 감고 있다. 표면의 칠도 다 떨어지고 붓 헤드가 빠져 테이프로 유지하고 있는 보기 흉한 붓이지만 이만큼 잘 길들여진 게 없어, 기껏 새로 사온 붓도 다 제쳐 놓고 쓰게 된다. 잘 길이 든 그림 도구는 내 몸의 일부나 다름없다. 그래도 아까운 마음은 접어 두고, 내년에도 이 테이핑이 너덜너덜해지도록 열심히 해야지.

덥다, 덥다를 입에 달고 지내던 게 엊그제 같은데 벌써 이
렇게 추워져 목도리를 꽁꽁 두르고 다닌다. 몇 개월 전 여름밤
이 꼭 거짓말 같다. 이번 겨울도 아주 길고 춥다는데, 또 언제
그랬느냐는 듯 지나가겠지. 시간이 너무 빠르게 가고 있다는
생각을 떨칠 수가 없다. 언젠가 엄마가 마음은 그대로인데 서
른 살엔 서른 살인 척, 쉰 살엔 쉰 살인 척 살고 있는 것 같다고
말하신 적이 있었다. 그 뜻을 이제야 알 것 같다.

크리스마스에 쓰일 일러스트 작업을 하고 있다. 겨울옷을
입은 아이들과 크리스마스 오브제를 그리는 게 즐거워, 평소
보다 훨씬 빠른 속도로 일하고 있다. 선물 상자의 패턴은 어느
새 다섯 가지나 더 그려 버렸고, 트리도 신이 나서 이것저것
그려 넣다 보니 너무 풍성해졌다. 그림 속의 아이들보다 내가
더 들뜬 것 같다.

　오늘은 내내 빛이 내려앉은 곳들을 찍으며 다녔다. 틈새로 들어온 빛이 추운 날씨마저 잊을 정도로 따스해 보여서 그 온기를 두고두고 볼 생각이다.

　오랜만에 머리를 잘라 주며 본 동생의 훌쩍 큰 모습에 내내
이상한 기분이 들었다. 나보다 아홉 살이 어려 언제까지고 아
이일 것 같던 동생은 이제 나보다 키가 크다고 했다. 하지만
조금 상기된 얼굴로 "얼른 돈 벌어서 언니랑 여행 가고 싶다."
고 말하는 걸 듣고는 아직은 어린 아이구나 싶어 왠지 모르게
안심했다. 너무 빨리 크지는 마.

　캐럴 앨범을 들으며 그림을 수정하고 있다. 배경에 마지막
으로 눈송이를 그려 넣으며 올해 크리스마스엔 눈이 올지 궁
금해졌다. 눈이 와도 난 밀린 작업을 해야겠지만 그래도 이왕
이면……. 그런 바람을 담아 괜히 눈송이를 더 잔뜩 그리고
있다.

　코끝이 아플 정도로 추운 날씨지만 하늘이 너무 깨끗하고 예뻐, 카메라에 담으려고 밖을 한참 돌아다녔다. 다른 나라에서 홀로 밤을 보내고 있을 친구에게 보내면 참 좋겠다고 생각하면서. 잔뜩 찍은 사진을 뒤로하고 벤치에 앉아 안부의 말을 고르고 있다.

오키나와에 갔을 때 찍은 사진을 인화했다. 새로 산 필름카메라를 가져갔더니 아직 손에 익지 않아 그랬는지 생각보다 흔들린 사진이 많아 아쉽다. 차곡차곡 쌓아 둔 사진들 중 마음에 드는 사진 몇 장을 골라내어 모니터 옆 벽에 붙여 뒀다. 열심히 일하고 내년 이맘때 다시 다녀오리라 마음먹으면서.

　운전면허를 딴 지 2년이 다 되어 가는데 운전할 기회가 별로 없어 아쉽다. 이런 생각이 들 때면 추천받은 주차 운전 게임을 하며 나름 연습이라고 자위하곤 하지만, 정말로 도움이 될지는 잘 모르겠다. 어서 날이 풀려 운전 연수를 받을 수 있었으면 좋겠네.

　아름님의 공간에 진영님과 셋이 모여 앉아 작년처럼 수다
를 떨고 그림도 그렸다. 서로 좋아하는 노래도 돌아가며 틀어
놓고 한참 이야기하다가 자리에 누웠다. 혼자가 아닌 오랜만
의 밤이 낯설고 들뜬다. 수학여행 전날의 아이가 된 것처럼 자
꾸만 마음이 둥실 떠올라 잠이 오지 않는다. 기분 좋은 불면의
밤이다.

　나란히 서서 즐거워 보이는 우리 사진을 보면서, 그림을 통해 만난 게 참으로 신기하면서 감사한 일이란 생각이 들었다.

올해 첫 여행으로 양양에 다녀왔다. 짧은 일정이었지만 해야 할 일도, 복잡한 생각들도 털어 버리고 정말 편한 마음으로 즐길 수 있었다. 오랜만에 만난 반가운 얼굴들과 짙은 겨울 바다와 바람이 좋았던 이번 여행. 고속버스에 올라타서 서울의 도로를 바라보며 돌아오는 길은 마음이 유난히 평온했고, 사진첩 가득 찍어 둔 바다 사진을 보면서 오랜만에 편안히 잘 수 있을 것 같다는 생각이 들었다.

"인간의 모든 불행은 단 한 가지, 고요한 방에 앉아 휴식할 줄 모르는 데서 온다."

-수학자 파스칼

당신이 행복하길 빌어요.

    창가에 쌓아 둔 작은 돌, 반쯤 타들어 간 향과 두 가지 이름
모를 꽃. 예쁜 사람과 예쁜 방에서 가장 기억에 남는 것들.
    방은 그 주인을 닮는다고 하던데, 정말인가 봐.

연말이 정말 코앞에 다가왔다는 걸 실감하고 있다. 밖은 평일과 주말의 경계 없이 화려하고 소란스러워졌고, 해가 넘어가기 전에 정리해야 할 일들에 정신이 없다. 괜히 붕 뜨는 기분이 들어 나도 내년에 대해 이런저런 생각을 해보다가도, 남은 작업을 내년으로 넘기지 않는 것부터 선결 과제로 삼기로 했다.

두꺼운 담요를 덮고 책을 읽고 있으니 언제나처럼 도도가 다가와 몸을 붙이고 잠이 든다. 책을 다 읽고 나서도 한참을 도도를 내려다보며 가만히 앉아 있었다.

너는 모르지. 이 시간을 내가 얼마나 좋아하는지. 네 온기가 얼마나 내게 큰 사랑을 느끼게 하는지.

　'해리 포터' 시리즈를 틀어 놓고 하루 종일 그림을 그리고
있다. 이 주문을 외우면 방수막을 씌울 수 있다는데, 차 마시
며 그림 그릴 때 좋을 것 같네. "임페르비우스!"

"포옹을 믿지 마. 그건 그냥 서로의 표정을 감추는 방법일 뿐이니까."

　　　　　　　　　　　　　　　　-드라마 <닥터 후> 중에서

그런 말들에 속은 게 처음이 아니면서도 꽤 타격이 컸다. 있잖아요, 나는 사실 그 말들이 괜찮지 않았어요.

　단 걸 좋아하는 아빠와 동생, 단 건 좋아하지 않지만 고소
한 맛을 좋아하는 엄마에게 선물해 줄 생각으로 쿠키를 사러
갔다. 가게에서 가장 달고 귀여운 쿠키들과 콩고물이 뿌려진
고소한 맛의 쿠키들을 골라 잔뜩 샀다. 집으로 돌아가는 내내
깨지진 않을까 온 신경이 쿠키 상자에 쏠려 있다. 예쁘고 달콤
한 것은 사는 것만으로도 기분이 좋아지니, 사실 이건 내게도
선물인 셈이다.

 잠깐 산책을 나갈 때도 여기저기 핫팩을 붙인다. 엘리베이터 앞에서 옷을 들춰 보이며 동생에게 자랑하니 질색하는 얼굴이 우스워 내려가는 내내 깔깔 웃었다. 차가운 공기가 기분 좋은 날.

정말 고생했다고 손을 꼭 잡아 주고 싶었는데, 잡아 주기엔
내 손이 너무 차가워 몇 번이고 내 두 손만 주물렀다.

　정신없이 움직이며 보내는 연말이 나쁘지만은 않아, 틈이 생기는 순간마다 피로함을 토해 내기보단 입가에 미소를 띄운 채 일을 하고 있다. 올 한 해 동안 나를, 내 그림을 찾아주는 분들에게 감사함을 느끼면서 보낼 수 있다는 게 새삼 정말 행복한 일이라서.

　내 그림으로 티셔츠를 만들어 볼까 하고 모니터 속 도안 위에 이리저리 그려 보고 있다. 티셔츠는 실크 스크린의 재미를 알게 되면서 가장 먼저 만들어 보고 싶었던 아이템 중 하나였다. 때문에 이것저것 만드는 과정을 찾아보고, 아직 그림도 정하지 않았으면서 벌써부터 찍어 낼 잉크와 티셔츠를 몇 장 주문해 뒀다. 어떤 그림이 될지는 모르겠지만 우리 귀여운 도도는 꼭 넣어서 만들어야지.

 작업 하나를 끝냈다. 테이블에 잔뜩 널려 있던 색연필과 지우개 가루를 쓸어 내고 남은 종이도 모아 정리했다. 이제 모니터 앞에 덕지덕지 붙어 있는 체크 리스트를 뜯어내기만 하면 되는데, 완전히 체크돼 '완성!'을 알리는 종이가 보기 좋아 하루만 더 그대로 두기로.

　드디어 만들어 본 첫 오리지널 티셔츠 소식. 서툴게 고정하
고 찍어 내는 바람에 결국은 망쳐 버렸지만, 서로 색만 다른
파자마 바지를 입고 엉망인 티를 하나씩 입은 게 우스워 동생
과 한참 깔깔 웃을 수 있었다. 그렇게 느슨한 걸음으로 하루가
갔다.

THANK YOU

많이 고민했고, 배웠고 또 감사했던 올해도 이젠 안녕!

하루 그림 하나

초판 1쇄 인쇄 2018년 9월 17일 | 초판 1쇄 발행 2018년 9월 27일

지은이 529
펴낸이 김영진

사업총괄 나경수 | 본부장 박현미 | 사업실장 백주현
개발팀장 차재호 | 책임편집 강세미
디자인팀장 박남희 | 디자인 김가민
마케팅팀장 이용복 | 마케팅 우광일, 김선영, 정유, 박세화
출판지원팀장 이주연 | 출판지원 이형배, 양동욱, 강보라, 손성아, 전효정, 이우성
해외콘텐츠전략팀장 김무현 | 해외콘텐츠전략 강선아, 이아람

펴낸곳 (주)미래엔 | 등록 1950년 11월 1일(제16-67호)
주소 06532 서울시 서초구 신반포로 321
미래엔 고객센터 1800-8890
팩스 (02)541-8249 | 이메일 bookfolio@mirae-n.com
홈페이지 www.mirae-n.com

ISBN 979-11-6233-817-9 03810

북폴리오는 참신한 시각, 독창적인 아이디어를 환영합니다.
기획 취지와 개요, 연락처를 bookfolio@mirae-n.com으로 보내주십시오.
북폴리오와 함께 새로운 문화를 창조할 여러분의 많은 투고를 기다립니다.

「이 도서의 국립중앙도서관 출판시도서목록(CIP)은 서지정보유통지원시스템 홈페이지
(http://seoji.nl.go.kr)와 국가자료공동목록시스템(http://www.nl.go.kr/kolisnet)에서 이용
하실 수 있습니다. (CIP제어번호: CIP2018028357)」

줄리아 하트 〈Singalong〉
KOMCA 승인필